고흐 씨,

시 읽어 줄까요

고흐 씨, 시 읽어 줄까요

내 마음을 알아주는 시와 그림의 만남

2016년 10월 31일 1판 1쇄
2017년 8월 8일 1판 3쇄

지은이 이운진

편집 정은숙, 김혜영   **디자인** 홍경민   **마케팅** 이병규, 양현범, 박은희   **제작** 박홍기
인쇄 천일문화사   **제본** J&D바인텍

펴낸이 강맑실   **펴낸곳** (주)사계절출판사   **등록** 제406-2003-034호
주소 (우)10881 경기도 파주시 회동길 252
전화 031)955-8558, 8588   **전송** 마케팅부 031)955-8595 편집부 031)955-8596
홈페이지 www.sakyejul.co.kr   **전자우편** skj@sakyejul.co.kr
블로그 skjmail.blog.me   **트위터** twitter.com/sakyejul   **페이스북** facebook.com/sakyejul

값은 뒤표지에 적혀 있습니다. 잘못 만든 책은 서점에서 바꾸어 드립니다.
사계절출판사는 성장의 의미를 생각합니다. 사계절출판사는 독자 여러분의 의견에 늘 귀 기울이고 있습니다.
이 책은 저작권법에 따라 보호받는 저작물이므로 무단전재와 무단복제를 금합니다.

ISBN 978-89-5828-427-7 03800

이 도서의 국립중앙도서관 출판시도서목록(CIP)은 e-CIP 홈페이지(http://www.nl.go.kr/ecip)와
국가자료공동목록시스템(http://www.nl.go.kr/kolisnet)에서 이용하실 수 있습니다. (CIP2016024514)

고흐 씨,
시 읽어 줄까요

이운진 지음

내 마음을 알아주는 시와 그림의 만남

Poetry &
Paintings

사계절

다시, 슬픔이 말을 걸면

때때로 소심한 반항을 하던 학생 시절에 엄마에게 학원을 보내 달라고 여러 해 동안 졸랐던 일이 있었어. 학교를 오가는 골목길 끝, 삼층짜리 작은 건물의 꼭대기에 있던 학원이었어. 비좁은 계단을 따라 올라가 창밖에서 조용히 바라보다 돌아오는 날에는 엄마를 붙잡고 애원하다시피 부탁했던 기억도 나. 부끄럼 때문에 들어가지도 못하고 서성거리기만 했던 그 학원을 내가 얼마나 다니고 싶어 했는지 지금 생각해도 안타깝고 속이 상하거든.

학원 안의 풍경은 마치 딴 세상 같았어. 한쪽 벽을 다 가리고 나란하게 놓여 있던 하얀 석고상과 세 개의 나무다리를 쫙 벌리고 서 있는 이젤들, 바닥에 흩뿌려진 물감 자국까지 모두가 다 새롭고 매혹적이었지. 아그리파라거나 줄리앙, 비너스라는, 그 땐 이름조차 모르던 하얀 사람들이 머리에서 떠나질 않았어.

하지만 난 끝내 그 미술 학원의 문도 열어 보지 못했고 짝사랑하는 사람의 심정으로 창밖에서 하얀 사람들을 잠깐씩 보고 올 뿐이었어. 어쩌면 엄마가 그때 나를 그곳에 보내서 줄리앙을 그릴 기회를 주었다면, 난 재능이 없다는 것을 깨닫고 그림으로부터 멀어졌을지 모르겠어. 다행스럽게도 겪지 못해서 남게 된 미련과 아쉬움은 변함없이 내게 그림을 동경하도록 했어. 나와 그림과의 첫 인연은 이렇게 어긋난 채로 시작되었어.

청춘이라고 해서 삶이 눈부시게 반짝이는 건 아니었어. 표정을 감추고 나를 쳐다보는 세상에서 오히려 혼자 견뎌야 할 감정들만 많아질 뿐이었지. 그런데도 나를 다독이는 방법은 잘 몰랐어. 시간이 지나면 괜찮아지든가 잊히고 말 줄 알았는데 위로받지 못한 마음들은 예상하지 못한 때에 나를 찌르곤 했어. 그것이 시가 되어 노트를 채워 주었지만 한 줄의 글도 되지 못하는 더 깊은 곳의 마음이 있었어.

그때 우연히 고흐의 〈슬픔〉을 본 건 운명이었다고 믿어. 벌거벗은 여자가 긴 머리를 풀어 헤치고 무릎에 얼굴을 파묻고 있는 연필 스케치를 보는 순간, 그냥 나라는 생각이 들면서 눈물이 흘렀어. 아무것도 닮지 않았는데 왜 나를 보는 것 같았을까. 그 이미지가 슬퍼서 운 것도 아니었어. 내가 완강히 거부하던 슬픔에 동의한다는 기분이 들면서 짧은 순간이었지만 그림 속의 여자가 되었던 거야. 눈물을 나누면서 나는 다시 그림을 만났어.

그 후로 난 어떻게 그림이 내 마음을 알아챌 수 있었던 건지, 다른 그림들도 그런 건지 알고 싶어서 더 많은 그림에게 눈

짓을 보내기 시작했어. 나 혼자만의 지독한 오해였을지라도 내 마음을 읽은 그림들은 조용히 이야기를 들려주었지. 별이 도는 까만 하늘도 볼 때마다 다르듯 그림도 볼 때마다 다른 감정을 불러와 마음을 어루만지곤 했어. 그림을 보는 일은 그 안에서 나의 경험을 다시 발견하게 하고, 때로는 뒤섞여서 알기 어려운 마음의 표정도 붙잡아 보여 주었어. 그래서 나 자신에 대한 이해를 넓혀 주는 것 같았어. 아름답고 소중한 기억들조차 시간에 지워져 희미해질 때 그림과 시, 혹은 여러 종류의 예술 작품은 그것들을 다시 느끼게 하고 새로운 의미를 만들어 주잖아.

그중에서도 특히 난 시와 그림이 만나는 황홀한 순간들에 매료되었어. 색채와 글자라는 차이가 있을 뿐, 그림과 시가 주는 감동이 다르지 않았어. 아니 오히려 시와 그림이 만나면 서로의 빈 곳을 채워 주며 혼자일 때보다 더 커다란 울림을 전해 주곤 했어. 그림 속에 담긴 화가의 마음을 시처럼 읽고, 시인이 쓴 이미지를 한 폭의 그림처럼 상상하는 일은 인생의 더 많은 빛깔들을 열어 주었어. 그 안에서 문득 나를 만나기도 하고, 잊혔던 옛 추억에 눈물 어린 미소가 지나가기도 했어. 또 마음의 어떤 매듭이 스르르 풀려 자유로워지는 시간도 있었어. 아주 사소하고 잠깐의 마주침으로도 정신이 소스라치는 날도 있었지. 시와 그림은 삶의 시간을 보여 주기만 한 게 아니라, 내 삶을 잠깐이라도 다시 살아내게 하는 것 같았어.

만일 내가 그 사이 조금 더 성숙해졌다면 그건 시 그리고 그림과 나눈 마음들 때문이라고 말하고 싶어. 삶에서 사라지는 것들을 간직하도록, 슬픔으로부터 조금 더 빨리 회복되도록, 그리고 아픔을 보다 잘 견디도록 해 주었으니까. 물론 시 한 편, 그림 한 점으로 일상의 매 순간이 봄날의 꽃밭이 되진 않았지만, 시와 그림은 내가 삶에 표시하는 눈금을 행복이라고 속이지 않아도 헛된 하루가 아니었음을 믿도록 해 줘.

덧붙여 아주 사소한 고백을 하자면, 고흐의 슬픔에 기대 울었던 그날 난 알았어. 그때까지 결코 가 보지 못했던 나 자신에게로 들어가려면 슬픔이라는 문을 열어야 한다는 것을. 그래서 그날의 위안을 내 안의 고흐에게, 시 한 편의 시간으로라도 갚아 주고 싶었던 것 같아. 앞으로도 난 슬픔을 이길 마법을 기대하는 대신 고흐의 별밤 속을 시처럼 자유롭게 마음껏 오래도록 거닐려고 해. 그러니 꽃과 바람도 그 어떤 핑계가 되지 못하는 날에는 이 책이 열어 놓은 아늑한 장소에서 천천히 시간을 잃으며 '나'를 만나길 바랄게. 분명 눈물의 이유가 달라지고 아픔을 잊을 준비가 되어 있을 거야.

2016년 10월
이운진

부드러운 햇살이
창턱에 앉아 있고

나도 오늘은 신나게 빨래를 해서
젖은 마음과 함께 널어놔야겠어.
힘주어 탁탁 털어서 주름까지 쫙 펴 놓으면
나머지는 햇볕과 바람이 다 알아서 도와주겠지.

햇볕 좋은 날

강은교 「빨래 너는 여자」
카미유 피사로 〈빨래 너는 여인〉

햇볕이 유난히 좋은 날이면 엄마는 늘 그냥 보내기가 아깝다고 하셨어. 그럼 난 무슨 신나는 놀이를 기다리는 아이처럼 좋아했지. 수도가 집 안에 설치된 지 얼마 되지 않았던 때라 수도꼭지에서 나오는 비싼 물로 빨래를 하는 건 엄두를 못 내던 옛 시절이었어. 햇빛이 맑은 유리 조각처럼 빛나면 엄마는 마당의 펌프에 마중물을 부었지. 금속성의 탁한 소리 끝에는 동그란 주둥이로 시원한 물줄기가 콸콸 쏟아져 나왔어. 커다랗고 빨간 고무 대야에 찰랑찰랑하게 물이 차면 온 식구의 옷들이 그 안에서 뒤섞이곤 했지.

해가 더 높이 떠오르기 전에 부지런히 빨래를 하는 엄마 곁에서 나도 내 양말이나 아버지의 손수건 같은 작은 빨래에 비누 거품을 묻히며 놀곤 했어. 빨래는 엄마에게 고된 집안일이었지만, 내겐 더없이 즐거운 놀이였던 거야. 엄마가 가끔 허리를 펴고 다시 물을 길어 올리며 맑은 물이 나올 때까지 여러 번 빨래를 헹구는 동안, 난 그다음에 펼쳐질 또 다른 놀이를 조용히 기다리고 있었어.

난 빨래를 할 때보다 빨래를 하나하나 널어 갈 때 더 즐거웠어. 내 키로는 닿지 않는 높은 빨랫줄에 소매를 늘어뜨린 할아버지의 저고리가 걸리고, 동생의 짧은 바짓가랑이 사이로 바람이 드나들고, 큰 옷들 사이사이 양말 같은 것들까지 다 널고 나면 온 가족이 모두 빨랫줄에 앉아 있는 것 같았어. 축축한 옷감 사이를 미로처럼 빠져나갈 때의 느낌은 또 얼마나 서늘하고 상쾌하던지.

솔직히 내가 그 무엇보다 좋아했던 건 빨래가 만드는 작은 그늘이었어. 햇살 좋은 날, 어른들의 큰 옷 아래 만들어지던 그늘은 내 작은 몸이 들어가 햇살을 피하기에 딱 좋았던 거야. 비누 냄새와 늘어진 빨래에서 똑똑 떨어지던 물방울까지, 그 작은 그늘 속에서 난 일찍이 평화를 보았던 것 같아. 그렇게 깨끗해진 빨래는 햇볕에 하루 종일 말라 가고 나의 즐거운 추억도 시간을 따라 빨래처럼 말라 갔어.

아마도 이런 기억들 때문에 난 지금도 빨래가 널린 마당을 보면 담장을 기웃거리고 마나 봐. 빨래를 보며 그 집에 사는 가족의 수도 가늠해 보고 그 집 아이의 나이도 헤아려 보곤 해. 빨래가 나란히 널려 있는 마당에 들어서면 말로는 설명할 수 없는 평온이 느껴지는데, 그 집엔 엄마가 따뜻하게 지키고 있다는 안도감이 가득해 보이거든.

시간이 흘러 내가 엄마가 되니 빨래를 널 때의 기분이 어떤 건지 정말로 알게 되었어. 빨래를 널다가 무릎이 찢어진 아이의 바지를 보면 혹시 넘어졌던 건 아닌지 뒤늦은 걱정을 하게 되고, 나달나달 낡아 가는 남편의 와이셔츠 소맷부리를 보면 마음 한편이 알알해지기도 하니까. 빨래의 주인이 바로 사랑하는 사람들이라서 그렇겠지. 삶과 함께 옮겨 다니는 가족들의 옷을 빨아 주는 일이 무엇인지 이 시를 읽어 보면 그 마음을 좀 짐작할 수도 있을 거야.

빨래 너는 여자

강은교

햇빛이 '바리움'처럼 쏟아지는 한낮, 한 여자가 빨래를 널고 있다, 그 여자는 위험스레 지붕 끝을 걷고 있다, 런닝 셔츠를 탁탁 털어 허공에 쓰윽 문대기도 한다, 여기서 보니 허공과 그 여자는 무척 가까워 보인다, 그 여자의 일생이 달려와 거기 담요 옆에 펄럭인다, 그 여자가 웃는다, 그 여자의 웃음이 허공을 건너 햇빛을 건너 빨래통에 담겨 있는 우리의 살에 스며든다, 어물거리는 바람, 어물거리는 구름들,

그 여자는 이제 아기 원피스를 넌다. 무용수처럼 발끝을 곤추 세워 서서 허공에 탁탁 털어 빨랫줄에 건다. 아기의 울음소리가 멀리서 들려온다. 그 여자의 무용은 끝났다. 그 여자는 뛰어간다. 구름을 들고.

햇빛이 쏟아지는 한낮

한 여자가 빨래를 널고 있어. 빨래를 너는 모습은 거의 매일 보는 일이고 너무 일상적인 일이라서 시로 읽는 것이 오히려 이상하게 느껴져. 그런 일을 시로 쓸 게 있을까 싶어. 그런데 시인은 빨래를 하는 동안에도 여러 가지 감정이 일어나고 변한다고 말을 해.

날씨가 쨍하게 좋은 날을 떠올려 봐. 우울할 땐 햇볕을 좀 쬐는 것만으로도 우리 몸의 호르몬이 달라진다고 하잖아. 그렇게 눈부신 햇살이 쏟아지는 어느 날, 혹은 우리 엄마처럼 그냥 보내기 아까운 날을 시 속의 여인은 보내고 있어. 지붕과 허공이 무척 가깝다고 하는 걸 보니 아마도 빨래 통을 들고 옥상으로 오른 것 같지? 매일 반복되는 일상에 지칠 법한 여인이 그날도 똑같이 빨래를 널다가, 현기증 날 만큼 눈부신 햇살에 빨래보다 먼저 자신을 널어 보는 거야.

나라면 작은 평상에라도 벌러덩 드러누웠을 것 같아. 손차양을 하고 온몸에 햇살이 박히는 기분을 그대로 느껴 보는 거지. 축축한 빨래 통에서는 비누 향이 바람에 실려 날아가고 나는 잠시 동안이라도 빛의 세례를 받아 보는 거야. 그렇게 지쳤던 마음이 조금 햇살에 씻기고 나면 빨래 통에 가득한 빨래들을 하나씩 불러내지. 남편처럼 지친 러닝셔츠는 더 세게 탁탁 털어서 널어 주고, 끄트머리가 닳은 아이의 바지는 살살 어루만지며 걸치고, 하늘을 덮어 주듯 커다란 담요도 펼쳐 널어놓고.

평범하고 사소한 이런 일들이 여자의 일상을 채우고 있어. 그렇지만 시는 빨래를 해서 너는 여자의 삶에 희생이라는 거창하고 무거운 이름을 씌우는 대신 웃음을 불러왔어. 그래서 난 이 장면이 무척 아름답게 느껴져. 그다음 연을 봐. 여인이 무용수가 되었다고 하잖아. 사랑하는 아기 옷을 널 때의 기분은 마치 발끝을 세워 아름다운 독무를 추는 오데트 공주가 된 것 같다고 말이야. 아기가 잠깐 잠든 사이에 빨래를 너는 젊은 엄마의 행복한 모습이 선명하게 그려져 있어. 그러고 보니 문장을 시의 1연에서는 쉼표로, 2연에서는 마침표로 연결한 마음도 좀 헤아릴 수 있을 것 같아. 쉼표는 마침표보다 짧게 쉬고 넘어가야 하는 거니까, 남편의 옷과 이불을 널 때의 속도는 쉼표처럼 좀 빠르게, 그러나 아기의 옷은 마침표처럼 조금 더 천천히 너는 마음은 아닐까.

하지만 여인의 춤은 아기의 울음소리에 끝나고 말아. 엄마를 찾는 울음이 어떤 소리보다 크게 들려오면, 여인은 하늘이 널어놓은 빨래인 하얀 구름을 들고 다시 아기에게로 달려가. 시 속의 장면은 여기서 끝나지만 나는 시의 뒷부분을 조금 더 상상해 봤어. 여인은 잘 마른 빨래에서 나는 햇볕 냄새를 아기에게 입히면서 행복해하겠지. 그리고 그런 하루들이 조금 더 지나서 아기가 걸음마를 배우면, 아기는 엄마 곁에서 엄마의 춤을 감상하는 행복한 관람자가 되어 있을 것 같아. 아이는 빨래 통에서 작은 빨래들을 하나씩 집어 주기도 하고 오래전 나처럼 내 몸에 딱 맞는 그늘을 찾는 놀이에 빠질지도 몰라.

이런 이야기를 듣고서 그린 듯한 그림을 하나 만났는데, 그 뒤로 난 마음이 어지러울 때면 가만히 이 그림을 들여다보곤 해. 그러면 금세 난 그늘 속에 앉은 작은 아이가 되어 내 젊은

카미유 피사로, 〈빨래 너는 여인〉
1887년, 캔버스에 유채, 41 × 32.5cm, 프랑스 파리 오르세 미술관

엄마를 만난 느낌이 들거든. 빨래를 너는 엄마의 모습이 어떤
지 잘 떠오르지 않는다면 잠시라도 이 그림을 조용히 바라봐.

빨래가 있는 마당에서

그림 속의 마당에도 햇볕이 내리고 작은 풀꽃이 피었고, 주
위는 참 고요해 보여. 세밀하고 또렷한 선 대신 작은 점을 찍은
점묘법으로 희미하게 그려진 윤곽선이 일상의 풍경을 더욱 평
화롭게 만들고 있어. 엄마의 시선과 아이의 시선이 만나는 빈
공간마저 온기로 가득해 보이잖아. 엄마 뒤편으로 깨끗하게 빤
빨래가 가득 담긴 수레가 보이지? 어릴 적 나처럼 그림 속의 엄
마와 아이도 빨래를 함께 하고 나서 뒷마당으로 빨래를 널려고
온 것 같아. 벌써 빨랫줄에서 흔들리고 있는 빨래들도 많네. 작
고 하얀 빨래들은 딸아이의 옷가지일 테고, 조금 큰 것은 남편
옷일 듯하고. 지금 엄마가 줄에 걸치고 있는 건 아이의 이불 홑
청 같기도 하고 식탁보 같기도 한데, 그게 무엇이건 간에 가족
들의 옷을 빨랫줄에 너는 아주 평화로운 시간이야. 정말 시 속
의 아이가 자라서 그림 속으로 들어간 것처럼 두 모녀가 참으
로 다정해 보여.

그러다 빨래 너는 시간이 좀 길었던지 아이는 살짝 지루한
듯 엉덩이를 땅에 대고 앉았어. 엄마, 아직 멀었어, 라고 묻는
건 아닐까. 엄마는 그런 아이의 마음을 알고서 손으로는 빨래
를 널면서도 작은 딸아이의 표정을 살피며 무언가 재미있는 걸
하려는 것 같아. 아이 울음소리에 구름을 들고 가던 엄마는 이

제 앞에 앉은 아이와 함께 노래를 부를지도 몰라. 엄마가 한 소절 부르고 아이가 한 소절을 이어 가는 동안 수레에 가득한 빨래는 다 널리고, 빨래가 마르는 오후에는 마당 가에 앉아서 풀꽃 화관을 만들고 있을 듯해. 여기서 조금 더 세월이 흐르면 어떻게 될까? 엄마가 빨래를 널며 혼자 추던 춤을 이제 소녀가 된 딸이 함께 발끝을 세워 추지는 않을까. 아, 그러면 나풀거리는 빨래는 듀엣의 무대를 장식해 줄 멋진 커튼이 되겠네.

나의 상상을 여기까지 끌고 와 준 이 그림은 카미유 피사로 (1830~1903)라는 화가가 그린 거야. 1,300점이 넘는 작품을 남긴 정열적인 화가라고 해. 세잔과 고갱이 자신들의 스승이라고 고백한 사람도 카미유 피사로였다고 하니, 꽤 영향력이 컸던 화가였나 봐. 점묘법을 창안한 쇠라와는 친한 친구 사이였다는 얘기를 들으니 이 그림을 작은 점들로 채운 건 친구의 영향이었는지 궁금해지기도 했어. 어떤 이유에서건 선명하게 그은 윤곽선 대신 수많은 색의 점으로 만든 풍경은 경계를 덜 만들어서 마치 희미한 기억을 펼쳐 보는 듯한 느낌을 줘. 미안한 생각이지만, 이 풍경을 만약 피카소가 그렸다면 이만큼 따뜻한 그림이 되진 않았을 것 같잖아.

참 희한하게도 내가 풍경을 알아볼 수 있게 되면 마음이 푸근해져. 이 그림 속의 풍경도 내가 불러온 시간 같거든. 젊은 엄마에 대한 기억이 무척 희미해서 안타깝기도 하지만 이 그림 속의 엄마를 보면 우리 엄마도 이랬겠구나 싶어. 삶에서 점점 사라지고 있는 것을 그림 한 장으로 다시 찾은 기분이야. 그래서 엄마의 저 눈빛이 내게로 오는 듯해서 편안해지는 건가 봐.

빨래하기 좋은 날은 마음의 온실이 될 날이었던 거지.

빨래 이야기를 한참 하다 보니 적어도 오늘 하루만큼은 빨래가 귀찮은 집안일이 아니라는 생각이 들어. 나도 오늘은 신나게 빨래를 해서 젖은 마음과 함께 널어놔야겠어. 힘주어 탁탁 털어서 주름까지 쫙 펴 놓으면 나머지는 햇볕과 바람이 다 알아서 도와주겠지. 뽀송뽀송 빨래가 마르는 동안 난 햇볕을 가득 쬔 돌 위에서 마음속 슬픈 물기를 빨래보다 바싹 말려야겠어.

매년 똑같은 날
비슷한 풍경이 반복되곤 하지만,
유독 기억에 남는 생일이 있다면
반드시 기억하고 싶은 추억이 깃들었기 때문이겠지?
기억 속에 지워지지 않는
빨간 동그라미가 쳐진 일이 있어서.

참 특별한 생일 선물

마르크 샤갈 〈생일〉
이해인 「꽃밭 편지」

세상에서 가장 많이 불리는 노래가 무엇인지 아니? 지금 이 순간에도 어디선가 불리고 있고, 매일 수백 수천 번씩 불리는 노래가 있어. 바로 "Happy Birthday to You~"로 시작하는 생일 축하 노래야. 케이크에 촛불을 켜고 이 노래를 부르지 않으면 생일을 축하받지 못했다는 섭섭한 느낌마저 들 정도로 모든 이에게 친숙한 노래지. 그리고 이 노래는 내가 다른 사람들을 위해 불러 주고, 또 나를 위해 다른 사람들이 불러 주는 노래잖아. 함께하면서 부르는 노래라서 더 즐거운 기분이 드나 봐.

어디서건 생일 노래가 들리면 저절로 고개가 돌려지듯이 생일이 좋은 이유는 그날만은 모두에게 관심을 받기 때문인 것 같아. 오늘 내 생일이야, 라고 말하면 누구든 바로 축하해 주잖아. 멋진 선물을 받지 않아도 그날이 생일이라는 자체가 선물 같은 날이지. 그래서 누구에게나 생일에 얽힌 소중한 추억 한

⌐ 부드러운 햇살이 창턱에 앉아 있고

두 개쯤은 있을 텐데, 내 기억의 창고에는 생일의 추억보다 생일을 기다리던 마음이 더 커다랗게 남아 있어.

어렸을 때 나는 한 해가 저물어 가는 12월이 오면 그 이듬해의 새 달력을 무척 기다렸어. 새해를 맞고 싶은 마음이 커서 그런 게 아니라 달력에 빨간 동그라미를 치고 싶어서 그랬어. 그땐 음력으로 생일을 지냈는데 달력이 없으면 언제가 정확한 생일인지 알 수가 없었거든. 요즘은 컴퓨터나 스마트폰만 봐도 자기가 태어나기 훨씬 전이나 수십 년 후의 날짜도 금방 알 수 있지만 말이야.

아무려나 동생들과 난 서로의 생일을 먼저 찾으려고 달력 위에서 작은 몸싸움까지 했어. 물론 엄마나 아버지가 잊지 않도록 각자의 이름을 또박또박 써넣었지. 돌이켜 보면 그 일들이 무슨 의식처럼 느껴져. 정작 생일날보다 이렇게 생일을 기다리는 일이 더 좋았던 것 같으니까. 생일이 든 그 달이 되면 하루하루 가까워지는 설렘이 즐거웠거든. 마치 애인을 만나기로 약속한 날을 기다리는 것마냥 가슴이 부풀곤 했어. 그런데 그런 생일날의 하루는 얼마나 금방 저물고 마는지. 시간을 붙잡아 두고 싶을 만큼 아깝고 섭섭한 생각이 들곤 했어. 또다시 기다려야 할 날이 삼백예순 날이 넘잖아.

매년 똑같은 날 비슷한 풍경이 반복되곤 하지만, 유독 기억에 남는 생일이 있다면 아마도 반드시 기억하고 싶은 추억이 깃들었기 때문이겠지? 기억 속에 지워지지 않는 빨간 동그라미가 쳐진 일이 있어서. 마침 여기 불러온 러시아의 화가에게 그런 추억이 있다고 해. 오래오래 간직하려고 그림으로 남겨

마르크 샤갈, 〈생일〉
1915년, 캔버스에 유채, 80.5×94.7cm, 미국 뉴욕 현대미술관

놓았대. 그날이 얼마나 행복했으면 하늘을 날아다니는 자신을 그린 걸까. 도대체 무슨 사연이 있는 걸까. 마음이 구름보다 가벼운 저 그림 속 연인들처럼 나도 발을 굴러 떠올라서 함께 축하해 줄까 봐.

하늘로 날아올랐던 생일날

그림을 보니 마음이 정말 둥실 떠오르는 것 같아. 밝고 환한 색채도 그렇고 두 사람의 포즈도 그렇고, 여인이 들고 있는 꽃다발도 좋은 일이 있다는 걸 말해 줘.

이 행복한 그림을 그린 마르크 샤갈(1887~1985)은 화가라는 단어조차 낯선 러시아의 시골 마을에서 태어났어. 자신의 유년을 "말더듬이에 붉은 뺨을 지닌 곱슬머리 소년"이라고 자서전에 적어 놓았더라고. 샤갈은 간판을 그리기도 하고, 상인의 조수나 변호사의 하인으로도 일했어. 그런 힘든 생활을 하는 처지에도 일찌감치 그림을 그리는 사람이 되겠다고 결심했지. 그리고 이 꿈과 열정을 소중히 여긴 덕에 피카소와 더불어 20세기 최고의 화가가 되었어.

샤갈의 그림은 한 번만 봐도 그의 작품이라는 걸 대번에 알수 있어. 그의 그림에서는 사람이나 동물, 나무나 꽃 따위가 땅에 있지 않고 공중에 둥둥 떠다니는 일이 많으니까. 마치 중력이 없는 우주선에서 우주 비행사들이 떠다니는 것처럼 말이야. 샤갈의 그림 속 배경이 동화나 상상의 나라처럼 보이는 건 이 때문일 거야. 달이 나무와 함께 바닥에 누워 있고, 암소와 화가가 허공을 날아다니는 곳이 바로 샤갈의 세상이지. 〈생일〉이라는 그림도 봐. 초록색 옷을 입은 남자가 샤갈 자신인데 벌써 하늘로 날아올랐고, 여인도 막 날아오를 듯하잖아.

검은 드레스를 입은 그림 속의 여인은 샤갈의 어린 시절부터 친구였다가 아내가 된 벨라야. 이 작품은 그들이 결혼하기 며칠 전, 샤갈의 생일에 있었던 일을 그린 거래. 그날 샤갈은 벨라에게서 꽃다발을 선물로 받았는데, 그 기쁨을 먼 훗날까지 간직하고 싶어서 그림을 그렸다고 해. 우리도 좋은 추억이 생기면 일기장에 기록하거나 사진으로 남기곤 하잖아. 샤갈은 화가였으니 멋진 그림을 탄생시킨 거지. 덕분에 그의 그림은 100여 년이 지난 오늘날에도 우리에게 감동을 전하고 있어. 샤갈이 이 그림을 완성하고 나서 벨라에게 만족스러운지 묻자, 그녀는 이렇게 대답했다고 해. "당신이 날아다니는 모습은 참으로 멋져요. 이 작품 제목을 '생일'로 하기로 해요."

이렇게 해서 그림 속 두 사람의 즐거운 시간은 영원히 멈춘 채로 남게 되었어. 당시는 1차 세계 대전이 한창인 어지러운 시절이었지만, 젊은 연인들의 달콤한 하루가 담긴 작은 방은 구름 위나 꽃밭과 다를 바 없어 보여. 생일 축하 꽃다발을 든 벨라에게 마치 곡예사처럼 기묘한 자세를 하고 입맞춤하는 샤갈. 이 작품을 보니 평소에 샤갈이 주장하던 말도 믿을 수 있을 것 같아. 사람들이 그의 그림을 보고 환상적이라거나 초현실주의라고 말하면, 샤갈은 자신의 작품은 비이성적인 꿈을 그린 것이 아니라 실제 추억을 그렸다고 했거든. 이 그림을 보니 샤갈의 말이 맞는 거 같아. 샤갈에게 실제로 존재했던 현실이었으니까. 샤갈은 다만 그것을 그림을 통해 시적으로 표현했을 뿐이니까.

어떤 기억은 시간의 먼지가 켜켜이 내려앉아도 그 순간의 감동을 놓치지 않고 잘 간직하는데 샤갈의 경우도 그랬을 거야. 뜨겁고 행복한 느낌을 마구 뿌리는 이 그림이 그 대답을 해 주잖아. 그런데 여기, 샤갈만큼이나 행복한 생일 선물을 받았다고 말하는 시인이 또 있어. 이 시인은 꽃다발이 아니라 아예 꽃밭을 받았다는데, 그 사연도 한번 들어 봐야겠지?

꽃밭 편지

이해인

수녀님 생일 선물로
내가 꽃을 심은 거
보았어요?

'꽃구름'이란 팻말이 붙은
나의 조그만 꽃밭에
80대의 노수녀님이 심어준
빨간 튤립 두 송이가
활짝 웃으며
나를 반기는 아침

처음 받아보는

꽃밭 편지로

나에겐 오늘

세상이 다 꽃밭이네

그 많은 날들이 전부 선물

지금까지 받은 생일 선물 중에서 가장 기억에 남는 건 뭐니? 샤갈처럼 그림으로 남기고 시인처럼 시에 담아 놓고 싶은 선물이 있어? 나는 말이야, 내가 나에게 선물한 일기장이 가장 기억이 남아. 왜 그랬느냐고? 내가 어렸을 땐 친구들을 초대해서 생일 파티를 하는 일이 잘 없었어. 열 살 무렵에 딱 한 번 친구들을 초대해서 엄마가 차려 준 밥을 같이 먹은 게 생일 파티의 전부였지. 가족들끼리도 생일 선물을 꼬박꼬박 주고받지 않았고. 다른 집은 어땠는지 잘 모르겠지만, 우리 집은 그냥 미역국과 케이크 하나로 지나곤 했어. 그래서 어느 해 생일날, 용돈으로 열쇠가 달린 일기장을 사서 나에게 선물했어. 오래전부터 꼭 갖고 싶던 일기장이었거든. 그 후로 소녀 시절의 내 마음속 이야기들은 그 안에 차곡차곡 다 적혔어. 지금도 옷장 깊숙한 곳에서 옛 앨범과 함께 낡아 가고 있지.

나처럼 비록 거창하고 값비싼 선물의 기억은 없어도 샤갈처럼 특별한 사연이 담긴 선물 하나씩은 다 있을 거야. 꼭 물건이 아니어도, 또한 꼭 비싼 것이 아니어도, 행복한 느낌을 가득 전해 준 선물 말이야. 이 시를 쓴 시인은 정말 자랑하고 싶을 만

　부드러운 햇살이 창턱에 앉아 있고

한 것을 생일 선물로 받았어. 이런 생일 선물은 나도 처음 봤어.

맑은 시를 많이 쓴 이해인 시인은 나이가 일흔이 넘은 수녀 님이셔. 그런 분이 여든의 노수녀님에게서 받은 생일 선물에 감동하여 「꽃밭 편지」라는 시를 쓴 거야. 그 노수녀님이 준 선 물은 다름 아닌 꽃 두 송이. 그것도 평소 시인이 가꾸는 꽃밭에 손수 심어 놓은 꽃이라니, 선물을 나눈 두 사람의 마음이 참 예 쁘고 다정한 것 같아. 누군가를 축하할 때 예쁜 꽃다발을 건네 는 일은 흔해도 꽃을 직접 심어 주는 일은 거의 없잖아. 그래서 인지 이를 전해 듣는 내 마음도 따뜻해지네. 사랑하는 마음이 없으면 절대로 하지 못할 선물이니까.

땅에 뿌리를 박고 자라는 선물은 시인을 오래오래 행복하 게 했을 거야. 생일이 한참 지난 뒤에도 붉은 꽃은 피어 있을 테 고, 시인은 꽃을 잘 키우기 위해 꽃밭을 더 자주 찾아갔겠지. 꽃 에 물을 줄 때마다 즐거움이 되살아나고 말이야. 노수녀님은 그런 것까지 다 생각해서 꽃을 심어 주신 것 같아. 행복과 기쁨 을 만들어 가는 그 많은 날들이 전부 선물이 되도록.

시인도 이에 화답하듯 "세상이 다 꽃밭"이라며 벅찬 마음 을 시에 풀어 놓았어. 어떻게 그런 아름다운 선물을 생각해 냈 는지 이 시를 읽을수록 놀라게 돼. 그리고 나도 선물을 고르는 기준을 다시 생각하곤 해. 꽃밭에 심어 주는 꽃 같은 선물은 무 얼까, 그 사람에게 오랫동안 즐거움을 안겨 주는 선물은 무얼 까 하고 말이야.

샤갈이나 시인이 생일 선물 그 자체에 감동한 것은 아니라 고 봐. 애인이 만들어 준 꽃다발과 노수녀님이 심어 준 꽃에 가

득 담긴 그 마음이 이들을 행복하게 해 주었을 테니까. 나도 이
번엔 맹물 같은 마음으로 건네는 화려한 선물이 아니라, 노수
녀님처럼 마음의 꽃밭에 직접 뿌리내리는 선물을 드려야겠어.
머잖아 엄마 생신이거든.

흘러가는 시간 속에서
우리는 엄마한테 배운 똑같은 일을 반복하며
사랑을 짜고 추억을 남겨 주잖아.
그 소박한 순간들이 힘들고 슬플 때
나를 품어 주는 따뜻한 삶의 스웨터가 된다는 걸
난 이제 굳게 믿어.

엄마의 낡은 스웨터

장 프랑수아 밀레 〈뜨개질 수업〉
문태준 「두터운 스웨터」

여러 해 전에 중학생이던 딸아이가 모자 뜨기 봉사 활동을 한 적이 있어. 아프리카 아기들에게 보낼 모자를 뜨는 거였지. 뜨개질하는 대바늘이 어떻게 생겼는지조차 모르는 녀석에게는 큰 도전이 아닐 수 없었어. 코를 만드는 것도 모르고 안뜨기 겉뜨기도 당연히 몰랐으니, 하나씩 하나씩 모든 걸 다 가르쳐야 했어. 수십 번을 풀고 다시 뜨기를 거듭한 끝에 겨우 모자 하나를 완성했던 기억이 나.

다 만든 모자도 솜씨가 좋거나 예쁘진 않았지만 아기들의 연약한 머리를 따뜻하게 감싸 줄 만큼은 정성이 가득했지. 중간에 포기하면 어떡하나 혼자 걱정했는데, 털실 가게에서 예쁜 뜨개실을 고르는 즐거움과 무엇보다 아기들의 생명을 살릴 수 있다는 점이 마음을 계속 부추겼던 것 같아. 그리고 그 시간이 오랫동안 기억에 남았던가 봐. 그 후로 가끔 모자를 떠서 구호 단체에 보내기도 하고, 목도리나 장갑을 혼자 배워서 뜨기도 하더라고.

그 덕에 나도 해마다 모자를 뜨게 되었어. 어른 주먹이 들어갈 만한 크기의 작은 모자이지만, 어떤 색을 섞어서 더 예쁘게 만들까, 이 모자를 쓰는 아기는 여자아이일까 남자아이일까, 또 부디 건강하게 잘 자라 주면 좋겠다……, 이런 여러 가지 생각을 한 코 한 코에 엮곤 해.

부드러운 햇살이 창턱에 앉아 있고 딸아이랑 나란히 소파에 앉아서 이런저런 얘기를 해 가며 뜨개질을 할 때면 나는 모든 걱정이 다 사라지는 기분이 들어. 아마 딸이랑 함께 하는 일이 많지 않아서 그런 시간이 더 소중하게 느껴졌겠지만, 함께 하는 일이 뜨개질인 것도 평화로움을 자아내는 데는 한몫을 했을 거야. 시간에 쫓기고 마음이 안절부절못할 때는 뜨개질처럼 묵묵히 오래 해야 하는 일은 하기 어렵잖아. "엄마, 코는 어떻게 줄여?"라거나 "엄마, 색깔 바꿀 땐 어떻게 해?"라고 물어 올 때마다 난 내가 푸근한 엄마인 양 착각하면서 하나씩 가르쳐 주곤 했어.

느긋한 마음으로 몇 날 며칠을 바늘에 엮어 뜬 건 모자보다 더 소중해진 추억이었어. 어떤 추억은 아무리 해묵어도 온기가 사라지지 않듯이 뜨개질을 함께 하던 추억은 식지 않는 연료가 되었나 봐. 그래서 이 그림을 본 순간 나도 모르게 눈시울이 뜨거워진 것 같아. 그림 속의 엄마와 작은 딸이 너무 사랑스러워서. 그리고 내가 간직한 시간과 똑같아서.

장 프랑수아 밀레, 〈뜨개질 수업〉
1854년, 캔버스에 유채, 47×38.1cm, 미국 보스턴 미술관

마음의 결을 배우는 시간

아직 뜨개질을 하기엔 좀 어려 보이는 예쁜 소녀가 다소곳하지만 참 진지한 표정으로 앉아 있어. 엄마의 든든한 두 팔에 쏘옥 안긴 채 귀를 기울이는 모습이 앙증맞아서 입가에 저절로 미소가 번져. 조금만 더 가까이 다가가면 꼬마 아가씨의 말소리도 들릴 것처럼 두 사람의 모습이 다정하고 아름다워.

꼬마 아가씨는 아마도 오늘 처음 뜨개질을 시작하는 것 같지? 긴 바늘을 꽉 붙잡은 손에 힘이 가득해 보이고, 그 작은 손이 안쓰러워 감싼 엄마의 손은 얼마나 믿음직한지. 엄마의 손과 마음에 기댄 채 어린 소녀는 무엇을 뜨려고 하는 걸까? 아끼는 인형에게 새 옷을 만들어 주려는 걸까? 아니면 아빠에게 선물할 장갑을 뜨려는 걸까? 그게 뭐가 됐든 뜨개질을 시작하려는 마음이 아주 예뻐. 엄마도 그 마음이 하도 기특해서 뜨개질을 멈추고 다정하게 가르쳐 주는 걸 거야. 조용히 내려다보는 젊은 엄마의 얼굴이 그렇게 말하고 있잖아.

이 그림을 그린 장 프랑수아 밀레(1814~1875)는 농촌 출신의 화가야. "일생 전원밖에 보지 못했으므로 나는 내가 본 것을 솔직하게, 되도록 능숙하게 표현하겠다."는 말대로 그는 농촌의 일상을 많이 그렸어. 추수를 하고 장작을 패고 건초를 말리는 들판의 풍경, 우유를 짜고 바느질을 하고 빵을 굽는 여인들의 모습이 많이 등장해. 제목만 봐도 그가 관심을 기울인 대상이 무엇인지 금방 알 수 있을 정도야. 〈씨 뿌리는 사람〉, 〈건초 묶는 사람들〉, 〈이삭줍기〉, 〈빨래하는 여인〉, 〈빵 굽는 여인〉 등. 어디서나 볼 수 있는 풍경이지만 그의 손길을 거친 그림들은 더 따뜻한 느낌을 줘. 이는 밀레가 농부들에게 품었던 애정이 깊었기 때문일 거야. 노동의 존귀함과 농부들을 향한 연민을 그려 내서 프랑스의 농촌을 가장 잘 표현한 화가라는 평가를 받게 된 거지. 특히 밀레의 대표작 가운데 하나인 〈만종〉은 전 세계 사람들의 사랑을 받는 작품이 되었어. 해 질 무렵 들판에서 기도드리는 한 쌍의 남녀를 그린 그림인데, 한 번쯤 본 적이 있을 거야. 종소리를 들으며 하던 일을 멈춘 채 기도하는 모습은 무척 고요하고 경건하기까지 해. 그림을 보는 것만으로도 마음이 평온해지지. 이처럼 소박하지만 따뜻한 일상을 잘 보여 주는 그의 그림 중 하나가 바로 뜨개질하는 모녀일 거야.

　엄마와 딸은 너무 눈부시지도 않고 너무 뜨겁지도 않은 햇살이 비치는 창문 가까이에 앉았어. 은은한 빛으로 봐서 정오를 지나 저녁으로 가는 시간일 듯싶어. 바쁜 집안일이 조금 마무리된 뒤일 거야. 뒤쪽으로 하얗게 잘 정리된 빨래가 보이잖아. 이때를 맞춰 엄마는 딸을 불러 뜨개질 수업을 하고 있는 거지. 엄마도 그 엄마에게서 배웠을 일을 딸에게 가르쳐 주는 따스한 시간이 그림을 가득 채우고 있어. 그래서 이 그림을 볼 때마다 행복해지고, 때로는 내가 푸근한 엄마인 것처럼, 또 때로는 작은 꼬마 아이가 된 것처럼 마음이 위로를 받곤 하나 봐.

　그런데 이 그림 속에는 늘 내 눈길을 끄는 또 하나의 물건이 있어. 화가는 아무 설명도 하지 않았지만, 난 그림 속 엄마의 무릎에 놓인 두툼한 스웨터가 무얼까 혼자 상상하곤 해. 소매가 접혀 있고 얼룩이 져 있으니 분명 새로 뜬 옷은 아닐 텐데. 빛깔이 밝은 노란색인 걸로 봐서 아빠 옷은 아닌 듯 하고, 또 크기로 봐서는 옆에 앉은 꼬마 것도 아닌 듯한데.

그렇다면 저 옷은 엄마의 옷이 아닐까. 엄마는 옆에 앉은 딸이나 다른 아이의 새 옷을 뜨려고 자기 스웨터를 풀려고 하는 것 같거든. 훌쩍 자란 아이들에게 맞는 옷을 만들어 주고 싶어서 말이야. 그런 의미에서 이 그림에 진짜 온기를 더해 주는 것은 올이 풀리고 있는 낡은 스웨터라는 생각을 하게 돼.

숨은 그림을 찾듯 그림 속의 이야기를 찾아 엮다 보면 오래전 옛 추억과 마주치기도 해. 엄마가 떠 준 마음 한 벌을 입고 놀던 어린 날의 추억이 털실처럼 돌돌 풀려 나오거든. 그때는 몰랐지만 이제는 알게 된 사랑의 온도가 어떻게 만들어진 것인지 뭉근히 다시 깨닫게 되는 날. 그런 날이 이 시인에게도 있었던지, 따뜻한 이야기는 계속 이어져.

두터운 스웨터

문태준

엄마는 엄마가 입던 스웨터를 풀어 누나와 내가 입을 옷을 짜네 나는 실패에 실을 감는 것을 보았네 나는 실패에서 실을 풀어내는 것을 보았네 엄마의 스웨터는 얼마나 크고 두터운지 풀어도 풀어도 그 끝이 없네 엄마는 엄마가 입던 스웨터를 풀어 누나와 나의 옷을 여러날에 걸쳐 짜네 봄까지 엄마는 엄마의 가슴을 헐어 누나와 나의 따뜻한 가슴을 짜네 어린 시절에는 나도 엄마가 손수 뜨개질한 옷을 많이 입었어. 조끼와 스웨터 같은 거 말이야. 아마 사서 입히기에는 비쌌나 봐. 지금처럼 싸고 질 좋은 옷이 잘 없었거든. 특히 도톰한 겨울옷은 더 비쌌겠지. 그래서 뜨개질을 해서 옷을 만들어 주었던 거야.

그런데 아이들이 한창 자랄 때는 계절이 바뀌고 해가 바뀔 때마다 새 옷이 필요하잖아. 그럴 때마다 새 털실을 살 순 없는 거여서 엄마는 당신의 옷을 풀곤 하셨지. 오래 입은 옷에서 풀려 나오는 실은 라면 면발보다 더 꼬불꼬불했는데, 그것을 엉키지 않게 감은 적이 나도 여러 번 있었어. 털실이 옷이 되는 것도 신기했지만 옷이 한 줄씩 사라지는 건 더 신기하고 재미있었어. 그 사이사이 끼어 있던 먼지에 코끝이 싸해지고 결국엔 옷이 다 사라져 버리면 무슨 마술을 보는 듯했으니까 말이야. 여러 날 뒤에 엄마의 스웨터는 내 조끼와 동생의 스웨터가 되곤 했어.

시인도 이런 경험을 했나 봐. 하긴 시인뿐 아니라 많은 사람들이 공감하는 이야기일 거야. 그렇지 않으면 그림 속의 낡은 스웨터를 보고 내가 추억을 떠올릴 수도 없고, 시를 읽으면서 그림 속의 엄마 마음을 읽을 수도 없을 테니까.

겨울이 오고, 엄마는 부쩍 자란 아이들에게 새 옷을 입히고 싶은데 형편이 되질 않았어. 그래서 당신의 헌 스웨터를 풀기 시작한 거지. 시의 화자는 누나와 함께 그 광경을 보았어. 엄마 옷은 커서 여러 개의 실꾸리를 만들었을 거야. 처음엔 실패에

실 감는 것을 보고 그다음엔 실패에서 실 푸는 것을 보았댔어. 감았다가 풀었다는 걸 보니 꼬불꼬불한 실에 김을 쐬어 매끈하게 만들었나 봐. 털실 뭉치에 물이 펄펄 끓는 주전자의 김을 쐬면서 감으면 다시 새 실처럼 되었던 기억이 나. 엄마는 헌 실로 옷을 떠 주는 게 미안해서 실에 더운 김을 쐬어 주었던 게 분명해. 주전자에서 올라오는 하얀 김보다 엄마의 마음이 더 뜨거웠을 테지만 말이야.

그렇게 깨끗하게 풀어진 실이 누나의 옷과 화자의 옷으로 바뀌었어. 봄이 올 때까지 입고 다닐 따뜻한 스웨터 한 벌씩. 아무리 좋은 솜을 넣어 누빈들 그 옷보다 따스할까. 더 예쁘고 좋은 옷을 사 입어도 엄마의 스웨터만큼 편하지 않았을 거야. 왜냐하면 그 스웨터는 "엄마의 가슴을 헐어"서 짰으니까. 그래서 그 스웨터는 세월이 지날수록 점점 더 따뜻한 옷이 되어 가는 거지.

이 그림과 시는 내 기억을 담은 낡은 사진첩 같아. 그림과 시를 보는 이유 중 하나를 찾으라면 이런 걸 거야. 알지 못하는 곳으로 흘러가 버린 시간을 그림 속에서 시 속에서 우연히 다시 마주치게 되는 것. 그리고 그때, 식었던 가슴이 저릿해지는 것 말이야. 그림을 만나지 않았다면 되새겨 보지 못했을 텐데, 오래전 지나간 추억 속의 풍경에 심장의 온도가 정말 높아졌잖아.

엄마에게 뜨개질을 배우던 저 소녀도 나중엔 자기 가슴을 헐어 아이들의 가슴을 짜는 엄마가 될 테고, 또 자기 아이를 데리고 앉아 뜨개질을 가르쳐 줄 테지. 흘러가는 시간 속에서 우리는 엄마한테 배운 똑같은 일을 반복하며 사랑을 짜고 추억을 남겨 주잖아. 그 소박한 순간들이 힘들고 슬플 때 나를 품어 주는 따뜻한 삶의 스웨터가 되어 준다는 걸 난 이제 굳게 믿어.

┌ 부드러운 햇살이 창턱에 앉아 있고

냄새란 그런 것 같아.
오랫동안 잊고 있었지만
불현듯 어떤 냄새를 맡는 순간,
우리는 갑자기 냄새 속의 기억에 빠지고 말잖아.

＝
＝

감자 냄새

빈센트 반 고흐 〈감자 먹는 사람들〉
김선우 「감자 먹는 사람들」

햇볕이 점점 뜨거워지는 하지 무렵이면 시장에 감자가 많이 나와. 시골 이모네 밭에 따라가서 감자 줄기를 잡고 씨름하던 때도 딱 하지쯤이었어. 땅속 감자가 영글어서 밭의 흙이 쩍쩍 갈라져 있던 모습이 인상적이었지. 감자가 자라느라 흙을 이렇게 밀어내는구나 싶어서 신기하기도 했어. 흙이 묻은 댕글댕글한 감자들을 한 소쿠리 가득 안고 밭둑길을 걸어오던 경험은 감자를 볼 때마다 떠오르는 즐거운 기억이야. 그런데 감자 냄새에는 좀 다른 기억들이 붙어 있어. 식은 감자 냄새가 나던 도시락과 함께 마음이 알알하던 시절을 보냈거든.

점심시간이면 도시락 뚜껑을 다 열지 않고 혼자서 점심을 먹던 친구가 있었어. 그 도시락 안에 찐 감자 세 알이 들어 있다는 사실을 안 것은 그 애가 내 짝이 되었을 때였지. 도시락 뚜껑을 조금만 열고 숟가락으로 얼른 감자를 잘라 먹어도 식은 감자에서 나는 그 독특한 냄새를 막을 순 없었어. 희한하게도 금방 쪄 낸 감자에서는 절로 군침이 돌 만큼 구수하고 좋은 냄새가 나는데 식은 감자에서는 왜 얼굴을 찡그리게 하는 냄새가 나는 건지. 그래서 친구는 혼자 허겁지겁 점심을 먹곤 했나 봐.

　그런 친구를 옆에 두고 다른 친구들이랑 떠들며 도시락을 먹을 순 없어서 처음엔 거의 억지로 감자 한 알과 밥 한 덩이를 바꿔 먹었어. 차차 시간이 지나면서 앞뒤로 앉은 친구들까지 점심시간이면 모두 감자 한 알씩을 나눠 먹는 사이가 되었는데, 밥 대신 감자를 도시락으로 싸 와야 했던 친구의 가난에 대해서 생각해 본 건 그 후로도 한참이 지나서였어. 중학교를 마친 친구가 부산에 있는 큰 공장에 취직을 한다고 했거든.

　그 시절엔 중학교를 마치고 고등학교 진학을 포기해야 하는 가난한 친구들이 한 반에도 여럿이었어. 지금은 상상하기 힘든 일이겠지만, 그 친구들이 고등학교 대신 간 곳은 신발 공장이나 텔레비전을 조립하는 공장이었지. 친구들은 그곳에서 온종일 미싱을 돌리거나 부품을 끼워 맞춘다고 했어. 친구가 고향을 떠나면서 나는 감자로 점심을 먹는 날이 끝났을 뿐이지만, 가난은 어린 소녀들을 그렇게 멀고 힘든 곳까지 가게 한 거야.

　나는 나대로 친구는 친구대로 저마다 자기 앞에 펼쳐진 길을 따라가다 보니 가끔 주고받던 편지도 끊어지고, 이제는 얼굴도 잘 기억나지 않아. 그러나 이상하게도 매일같이 먹던 감자 냄새와 도시락을 내밀며 미안해하던 그 손은 잊히지를 않네. 특히 고흐의 이 그림을 볼 때면 감자 냄새가 훅 달려들고 예전보다 더 마음이 미어지는 듯해. 잊은 줄 알았던 시간으로 그림이 나를 데려다 놓은 거지.

감자 건네는 손

서른일곱의 나이에 자신에게 권총을 겨누어 삶을 등진 슬픈 사나이, 빈센트 반 고흐(1853~1890)의 그림이야. 빛의 화가, 해바라기의 화가라고 불리는 그는 생전에 단 한 점의 그림도 팔지 못할 만큼 무명이었는데, 오늘날에는 아주 유명한 화가 중 한 사람이 되었어.

고흐는 목사의 아들로 태어나 화랑의 수습 화상, 서점 점원, 또 탄광촌 선교사를 전전했어. 그러다가 동생 테오의 제안에 본격적으로 그림을 그리기 시작해서 죽을 때까지 동생에게 의지하며 화가의 삶을 살았어. 그는 제대로 된 미술 교육을 받은 적이 없는데, 좋아하는 화가들의 그림을 모사하면서 독학으로 그림을 배웠다고 해. 파도치는 듯 거칠지만 독특한 그만의 붓질은 그렇게 완성되었지. 게다가 그의 눈부신 색채들은 강렬한 인상을 남기잖아. 그에게 색채와 붓 자국은 자신의 격렬한 내면을 표현하는 도구였던 거야.

그런데 이 그림에는 우리가 잘 아는 고흐의 색이 보이지 않아. 〈해바라기〉, 〈별이 빛나는 밤〉, 〈고흐의 방〉에서처럼 고흐가 즐겨 쓰던 노란색도 보이지 않고, 화려한 색채 대신에 갈색 톤으로만 어둡게 그려졌어. 나도 처음 봤을 때는 이게 정말 고흐 작품일까 의심했어.

빈센트 반 고흐, 〈감자 먹는 사람들〉
1885년, 캔버스에 유채, 81.5×114.5cm, 네덜란드 암스테르담 반 고흐 미술관

하지만 이 그림은 고흐 자신이 "감자를 먹는 농부를 그린 그림이 결국 내 그림들 가운데 가장 훌륭한 작품으로 남을 것"이라고 했을 만큼 그가 가장 사랑한 작품이라고도 해. 그뿐 아니라 동생 테오에게 보낸 편지에는 이 그림을 보는 방법까지 자세히 설명했을 정도야. 잘 익은 곡물 빛깔이 나는 황금색 벽에 걸어 놓아야 그림이 더 잘 살아난다고 말이야. 이 그림을 향한 고흐의 애정이 얼마나 컸는지 알 것 같아.

희미한 램프 아래 농부 가족 다섯 명이 모여 저녁을 먹고 있어. 고단한 하루를 마치고 가족이 모두 둘러앉은 저녁상에 차려진 것들을 한번 볼까. 내게 수십 년 전의 기억을 되새기게 하는 감자와 찻잔 네 개가 전부야. 낡고 작은 나무 식탁도 다 채우지 못한 참으로 간소한 밥상이야. 아무래도 다른 음식이 없어서 그랬겠지? 다른 좋은 음식들이 있다면 굳이 이런 상을 차리진 않았을 테니까.

오래전 내 짝이 감자 도시락을 싸야 했던 것처럼 형편이 어려운 사람들이라는 것을 알 수 있어. 감자는 그 시절 네덜란드의 가난한 농민들에게도 주식이었다고 하니까. 공선옥이라는 소설가도 "한여름 거의 날마다 감자를 찌고 엄마와 딸들은 언제나 점심으로 열무김치에 감자를 먹었다."고 회상한 것을 보면, 감자는 동서양을 막론하고 가난한 사람들의 끼니를 대신해 주는 음식이었나 봐.

여기저기 얼룩이 지고 화려한 장식이 없는 어두운 공간이지만 다 같이 모여 앉은 저녁 시간은 평화로울 거야. 힘든 농사일을 마친 뒤 하루 동안의 이야기를 나누면서 감자를 건네고 차를 따르고 서로의 얼굴을 보며 고단함을 풀고 있어. 무엇보다 김이 나는 감자 접시 위로 네 사람의 손이 다 보이는 점이 눈길을 끌어. 하나같이 거칠고 투박한 그 손들이 그들의 삶을 오롯이 다 말해 주는 듯해.

농부들 자신의 손으로 땅을 파고 노동을 했다는 점을 고흐는 강조하고 싶었던 거지. 그래서 고흐는 이 그림의 모델이 된 농부 가족을 한 사람씩 따로따로 만나 관찰하고 스케치했다고 해. 그것도 마흔 번이 넘게 말이야. 농부의 삶에 전원생활의 아름다움이나 농촌에 대한 막연한 향수를 담지 않으려는 화가의 진심 어린 노력이라고 할 수 있어. 그러니 내가 이 그림을 가만히 들여다볼 때마다 식은 감자 냄새와 함께 옛 추억이 떠오르는 건 당연한 일이었어. 등을 돌리고 앉아 있는 작은 아이를 보면 감자밥을 먹던 친구 생각이 밀물처럼 밀려오는 건 그림 안의 삶이 그만큼 실감 나서지.

가난한 사람들에게 애정과 연민을 품고 그들의 삶을 그리면서 고흐는 마음속의 우울과 발작, 정신 착란에 시달렸어. 그러다 마침내는 스스로 귀를 자르고 붕대를 감은 자화상을 그리기까지 했지. 매일 한두 점의 그림을 그려 냈던 그의 뜨거운 열정도 마음의 깊은 병을 이길 수는 없었나 봐.

화가의 아픈 삶과 내 친구의 고단했던 학창 시절이 겹쳐지는 그림을 오늘은 더 오래 들여다봐. 그리고 서로를 이어 주는 저 손에 담긴 감자가 더 눈물겹게 느껴져서 나도 냄비 가득 감자를 삶고 있어. 훗날에는 우리 가족들에게도 감자 냄새가 그리움의 냄새로 기억되길 바라면서.

감자 먹는 사람들

김선우

어느 집 담장을 넘어 달겨드는
이것은,
치명적인 냄새

식은 감자알 깜작거리며 평상에 엎드려 산수숙제를 하던, 엄
마 내 친구들은 내가 감자가 좋아서 감자밥 도시락만 먹는 줄
알아. 열한 식구 때꺼리를 감자 없이 무슨 수로 밥을 해대냐고,
귀밝은 할아버지는 땅밑에서 감자알 크는 소리 들린다고 흐뭇
해하셨지만 엄마 난 땅속에서 자라는 것들이 무서운데, 뿌리 끝
에 댕글댕글한 어지럼증을 매달고 식구들이 밥상머리를 지킨다
하나둘 숟가락 내려놓을 때까지 엄마 밥주발엔 숟가락 꽂히지
않는다

어릴 적 질리도록 먹은 건 싫어하게 된다더니, 감자 삶는 냄새
이것은,
치명적인 그리움

꽃은 꽃대로 놓아두고 저는 땅밑으로만 궁그는,
꽃 진 자리엔 얼씬도 하지 않는,
열한 개의 구덩이를 가진 늙은 애기집

치명적인 냄새, 치명적인 그리움

가난하던 시절 감자와 옥수수는 구황 작물이었어. 부족한 쌀 대신 끼니를 해결해 주는 감자가 엄마에게는 그나마 고마운 존재였겠지만, 날마다 먹어야 하는 어린 자식들에겐 지겨운 음식이었을 게 분명해. 게다가 갓 삶아서 포슬포슬 부서지는 감자는 맛이라도 있지만, 싸늘하게 식은 감자는 맛도 아릿하고 냄새도 달라지거든.

그런 감자를 내 친구처럼 도시락으로 가지고 다녔다는 걸 보면 시적 화자의 집안 형편이 넉넉하지 않았음을 알 수 있어. 그날도 밥 대신 감자를 먹어야 한다는 걸 알았을 테니, 화자는 산수 숙제를 하다가 감자밥이 싫다고 엄마에게 불쑥 투정을 부렸어. 하지만 엄마는 꾸지람 같은 말만 하셔. 열한 명이나 되는 대식구가 굶지 않는 건 다 감자 덕분이라고. 그런데 그 감자조차 엄마는 제대로 먹지 못하는 처지였어. 식구들이 밥상을 다 떠날 때까지 숟가락도 들지 않으셨다니 말이야. 그런 엄마 앞에서 어린 화자는 툴툴거렸으니. 먼 훗날 이때의 엄마를 생각할 때면 후회와 미안함에 가슴이 많이 아팠을 것 같아.

이 상황이 마치 내 일처럼 아릿하게 느껴지는 이유도 물론 친구가 떠올라서야. 내 친구도 시 속의 어린아이처럼 감자밥이 싫다고 한 번쯤은 말했겠지. 감자 도시락 말고 다른 도시락을 싸 달라고 조르기도 했을 테고. 친구의 감자 도시락을 나눠 먹을 땐 몰랐던 것을 난 이 시를 읽으면서 아주 뒤늦게야 알게 되었어. 시 속의 풍경이 바로 친구네 집이었겠구나 하고.

그리고 이제는 내가 엄마가 되어서 그런지 이 시를 읽을 때

　┌ 부드러운 햇살이 창턱에 앉아 있고

면 또 한 사람, 엄마의 마음을 생각해 보게 돼. 그러면 고흐의 〈감자 먹는 사람들〉에 그려진 손 하나가 무척 따뜻하게 느껴져. 바로 차를 따르는 여인에게 감자를 건네는 무뚝뚝한 남자의 손 말이야. 나무뿌리처럼 툭 불거진 울퉁불퉁한 손이 감자 하나를 건네주고 있잖아. 그림 속의 농부는 행여 아내가 굶을까 봐 큼직한 감자를 제일 먼저 건네주는 게 아닐까 하는 생각이 들어. '자, 어서 받아. 식기 전에 얼른 먹어 봐.' 이런 속엣말은 참고 있지만 진심을 전하는 것 같아. 그런 따스한 마음이 담겨서인지, 그 투박한 손이 그림의 모든 것을 말해 주는 듯한 느낌도 들어. 비록 겉모습은 거칠지만 그 어떤 손보다 따뜻하고 믿음직해 보이잖아.

아름답지 않고 추하고 불편해 보여도, 농부의 삶을 진실하게 보여 주는 것이 농부들을 이해하는 것이라고 여겼던 고흐의 마음이 어떤 건지 알겠어. 또 따뜻하고 정직한 한 끼 식사를 통해, 가난이 꼭 황폐한 것만은 아니라는 것을 기록하고자 했던 화가의 진심도. 가난한 저녁 풍경이 서글프지 않은 건 찐 감자에서 올라오는 더운 김처럼 서로가 서로를 따뜻하게 덥혀 주는 사랑이 있기 때문이었어.

그때부터 긴 시간이 지나고 시 속의 화자도 이제 감자로 밥을 대신하는 가난에서는 벗어났지만, 우연히 낯선 집 앞에서 감자 삶는 냄새를 맡고 발걸음을 멈추었어. 감자 냄새가 까맣게 잊고 있던 유년의 기억을 되살려 낸 거지. 냄새란 그런 것 같아. 오랫동안 잊고 있었지만 불현듯 어떤 냄새를 맡는 순간, 우리는 갑자기 냄새 속의 기억에 빠지고 말잖아. 기억이 무의식적으로 일깨워지고 과거의 생생한 이미지들이 눈물을 터뜨리게 할 수도 있어.

　1연의 "치명적"이라는 말은 보통 생명을 위협하는 것에 쓰는 표현인데, "치명적인 냄새"라고 할 만큼 감자 삶는 냄새가 화자에게는 아픔과 그리움이 큰 냄새라는 뜻일 거야. 그리고 매일같이 감자를 삶아야 했던 가난과 엄마의 희생이 비로소 냄새보다 더 진하게 느껴지면서, 그것은 다시 엄마를 향한 "치명적인 그리움"으로 바뀌고 있어. 화자의 열한 식구가 마치 엄마라는 뿌리에 댕글댕글 매달린 열한 개의 감자 같다는 생각이 들어. 그러니 질리도록 먹고도 다시 그리워지는 게 아닐까.

　가난한 처마 밑에서도 서로를 챙기는 애틋함을 무척 아름답게 형상화한 시야. 특히 나는 식구들이 모두 숟가락을 내려놓을 때까지 당신의 숟가락은 들지도 않았다는 엄마의 헌신적인 사랑에, 뜨거운 감자를 삼킨 것만큼이나 목구멍이 뜨거워지고 말았지. 그러니까 감자 냄새는 가난의 냄새이면서 동시에 사랑의 냄새라고 할 수 있을 것 같아.

　무려 한 세기가 넘는 시간의 차이에도 불구하고 화가와 시인이 나누는 이야기를 듣다 보니, 그림 속의 저 아이가 자라면, 그리고 벌써 어른이 된 내 친구도 이제는 감자 삶는 냄새를 "치명적인 그리움"이라고 할 것 같은 생각이 들어. 그림과 시를 읽는 동안, 가난하다는 건 무엇보다 마음이 텅 비어 외롭고 쓸쓸한 것이 아닐까 싶었어. 나를 먼 기억 속으로 데려가는 냄새 같은 게 하나도 없는 그런 것 말이야.

더하지도 덜하지도 않고
가슴의 온기를 지켜 줄 만큼의
비밀은 여전히 있었으면 좋겠어.
책상 위에 살며시 놓고 나오는 비밀 쪽지처럼
너무 무겁지 않은 비밀.

숨기고 싶고 고백하고 싶은

한용운 「비밀」
윌리앙 아돌프 부그로 〈비밀〉

가슴 제일 깊은 곳에 방이 하나 생겼다.

아무도 모르게 자물쇠도 하나 채워 놓았다.

정말 아무도 몰라야 하는 방이다.

깊은 밤 혼자 깨어 있을 때

조용히 들어가는 그런 방이니까.

그렇지만 캄캄하거나 무서운 방은 아니다.

꽃무늬 벽지를 바르고

분홍 커튼을 걸어 놓은

작고 예쁜 방이다.

내가 보낸 초대장이 없으면

아무도 들어올 수 없는 나의 끝 방.

그곳에 난 내 마음을 숨겨 두었다.

내게 막 비밀이 생겼을 때, 이런 느낌의 글을 쓴 기억이 나.

┌ 부드러운 햇살이 창턱에 앉아 있고

좋아하는 사람이 생겼거든. 아직 아무에게도 말 못 하고 바람이 잔뜩 들어간 풍선처럼 마음만 자꾸 둥실거리곤 했지. 그런 첫 느낌의 비밀을 가지는 일은 행복했어. 열대여섯 살 사춘기에 생긴 중요한 비밀이란 대부분 이런 거니까. 실마리를 그쪽에서 만들어 준다면 살짝 마음을 흘려 보기라도 할 텐데. 하고 싶은 말만 나날이 쌓여서 끝 방에서 보내는 시간이 점점 길어지곤 했지.

내게도 비밀이 생겼다는 그 말조차 망설이던 은밀한 추억을 어른이 된 지금 돌이켜 보니, 무섭고 더 큰 비밀을 갖지 않는 게 평화로운 삶이라는 생각이 들어. 살다 보면 무게가 달라지고 내용이 달라진 정말 힘든 비밀이 생기기도 하거든. 그래서 그런 예쁜 비밀이 비밀의 전부였던 때가 그리워지는 거지.

그런데 희한한 일은, 여태껏 간직했던 많은 비밀 중에서 지금도 비밀인 것은 거의 없다는 거야. 결국 비밀은 다 드러나고 스스로 고백하고 알려지게 되는 것 같아. 특히 사랑의 비밀은 더더욱 비밀스럽게 간직하기가 힘들어. 왜냐면 그 사람이 내 마음을 꼭 알아줬으면 싶거든. 오래전 그때, 나도 나의 끝 방으로 와 달라는 초대장을 얼마나 건네주고 싶었는지 몰라. 혼자서만 간직하고 있는 비밀을 고백하고 싶었지. 그래서 고백했냐고? 그다음 이야기는 비밀이야.

시인이자 소설가인 이상은 그의 소설 「실화」의 첫 문장에 이런 멋진 글을 남겼어. "사람이 비밀이 없다는 것은 재산 없는 것처럼 가난하고 허전한 일이다."라고. 사람이 비밀만 가져서는 삶이 너무 무겁겠지만, 아무 비밀이 없는 것도 마음의 보물이 없다는 뜻일 거야. 이걸 비밀의 미덕이라고 하면 너무 거창할까.

어쨌든 아껴 둔 마음의 하나라고 표현하고 싶은 아름다운 시인의 비밀을 들려줄게. 시인을 부자로 만들었을 그의 비밀 중 하나일 것 같아.

비밀

한용운

비밀입니까, 비밀이라니요, 나에게 무슨 비밀이 있겠습니까.

나는 당신에게 대하여 비밀을 지키랴고 하였습니다마는, 비밀은 야속히도 지켜지지 아니하얐습니다.

나의 비밀은 눈물을 거쳐서 당신의 시각으로 들어갔습니다.

나의 비밀은 한숨을 거쳐서 당신의 청각으로 들어갔습니다.

나의 비밀은 떨리는 가슴을 거쳐서 당신의 촉각으로 들어갔습니다.

그 밖의 비밀은 한 쪼각 붉은 마음이 되야서 당신의 꿈으로 들어갔습니다.

그러고 마즈막 비밀은 하나 있습니다. 그러나 그 비밀은 소리 없는 메아리와 같아서 표현할 수가 없습니다.

'너'라는 비밀

누가 대뜸 "너, 내가 모르는 비밀 있지?" 이렇게 물으면 누구든 똑같은 대답을 할 것 같아. "비밀이라니, 나한테 무슨 비밀이 있겠어?" 일단 발뺌부터 해 놓고 나서 들킨 건 아니겠지, 하고 마음을 쓸어내리는 거야. 하지만 묻는 사람이나 대답하는 사람이나 다 알고 있지. 분명 비밀이 있다는 것을.

시의 1연에서 화자가 놓인 상황이 꼭 이렇지 않을까. 혼자서 몰래 사랑하고 있는 상대방에게 비밀의 마음을 살짝 들켜 버린 것 같아. 나의 비밀이 '너'라는 것을 말이야. 그러면서도 또 한편으로는 내 마음을 너에게 알리고 싶은 거지.

아니, 네가 나의 비밀을 벌써 다 보고 듣고 만졌다고 했어. 말하기 부끄러웠든 거절당할까 두려웠든 간에 화자는 혼자 좋아하는 비밀스런 마음 때문에 애 태운 건 분명해. 사랑을 받고 싶은 욕망만큼 사랑받지 못하면 속상하고 가슴 아프잖아. 좀 울기도 했을 테고 가슴이 답답해 한숨도 폭 내쉬었을 거야. 또 너를 볼 때마다 터질 듯 가슴이 떨렸으므로 네가 그것을 모를 리가 없다고 하는 거지. 너로 인해 온통 붉어진 내 얼굴을 네 눈으로 보았고, 쿵쾅거리는 내 심장 박동을 네 귀로 들었고, 핏줄까지 떨리던 내 손을 네 손끝으로 느꼈을 거라고. 그러고도 남은 한 조각 붉은 마음은 네 꿈속까지 찾아갔으니, 난 비밀을 한마디도 말한 적은 없지만 비밀은 이미 다 보이고 만 거였어. 사랑으로 두근거리는 가슴을 어떻게 진정시킬 수 있겠어. 저절로 행복해지는 눈빛을 무엇으로 가릴 수 있겠어. 비밀이지만 비밀이 아닌 내 모습을 말이야.

그런데 딱 한 가지, 아직도 마지막 비밀이 남아 있대. 아마 말로 전하는 사랑의 고백을 뜻하는 것 같아. "나, 너를 좋아해!" 이 말만은 하지 못했다는 거야. 나의 고백이 "소리 없는 메아리"가 될까 봐. 메아리란 저편 산에 부딪쳐 되울려 오는 소리잖아. 산꼭대기에 올라 "야호!" 하고 소리치면 반대편 산에서 내게 보내오는 대답 같은 거 말이야. 그 메아리가 소리 없다는 건 대답이 없다는 뜻이야. 듣고도 반응이 없다는 거지. 내가 힘들게 한 고백의 말이 기껏해야 파도 소리나 바람 소리보다 의미가 없다면 정말 가슴 아프잖아. 그래서 차마 고백하지 못하고 있는 것 같아. 고백을 비밀로 남겨 둔다면 한쪽 가슴은 맵싸한 채로 자주 아리겠지만, 더 슬픈 일이 생기지는 않으리라는 걸 화자는 알고 있는 거야.

이런 상황을 고려해 보면 아무래도 화자의 사랑은 짝사랑이라는 생각이 들어. 내가 끝 방에 숨겼던 그 마음이랑 비슷한 거 같거든. 그때 나는 용기가 없어서 나의 비밀이 '너'라는 것을 끝내 전하지 못했어. 시 속의 화자처럼 "소리 없는 메아리"가 될까 봐 두려웠던 거지. 수십 번을 망설이고 고심해도 시작되지 않던 고백의 말. 그 사람 앞에 서면 목구멍 더 깊은 곳으로 가라앉아 버리던 그 말. 그런데 이 아름다운 소녀는 드디어 용기를 낸 것 같아.

참을 수 없는 비밀

지금 막 중요한 비밀 하나를 말한 모양이야. "절대로 말하면 안 돼!" 이렇게 단단히 약속까지 하고도 마음이 놓이지 않아 긴 손가락을 펴서 입을 막는 자세를 하고 있어. 다른 손에는 활짝 핀 꽃 한 송이가 들려 있네. 꽃잎과 이파리가 아직 싱싱해 보여. 아름다운 이 소녀와 잘 어울리는 꽃이야.

꿈을 꾸듯 활짝 열린 소녀의 눈은 정면을 똑바로 향하고, 고백을 애써 참으려는 듯 꼭 다문 입에서는 미소가 번지려 해. 아마 기분 좋은 말을 들었나 봐. 머리와 몸에 두른 하얀 천으로도 다 가려지지 않은 발그레한 뺨이 상기된 마음을 대신 보여 주는 것 같아. 부드러운 몸의 곡선도 행복하고 편안한 느낌을 더해 주고 있어. 가장 아름다운 순간에 정지 버튼을 누른 듯한 그림이야.

행복을 느끼게 하는 일은 많지만, 그래도 어린 소녀를 저토록 달뜨게 만드는 일이라면 다른 무엇보다도 사랑이 먼저일 거야. 그래서 저 소녀가 오랫동안 품고 있던 마음을 말하고 말았구나 상상하는 거지. 시인도 그랬잖아. 당신에 대한 비밀을 지키려고 했지만 야속하게도 지켜지지가 않는다고 말이야.

이 소녀도 더는 참지 못하고 비밀을 털어놓았나 봐. 그리고 다행히 소리 없는 메아리가 아니었던 거지. 조심스럽게 살짝 쥐고 있는 꽃이 그 대답으로 보여. 내 상상이지만, 고백을 받은 사람이 이 소녀의 마음을 받아들이겠다는 뜻으로 꽃 한 송이를 꺾어 준 것 같거든. 어둑한 배경과 검은 옷 때문에 더욱 도드라지는 분홍 꽃이 두 사람 사이에 맺어진 사랑을 축복하는 듯 보여. 그렇지만 이제 막 시작하는 사랑이 소문 날까 봐 "쉿, 비밀이야!"라고 당부하는 모습은 마냥 행복해하는 모습보다 더 사

윌리앙 아돌프 부그로, 〈비밀〉
1894년, 캔버스에 유채, 96.5×62cm, 개인 소장

랑스러워. 비밀을 나눠서 더 아름다운 관계가 되는 저 순간의 떨림과 기쁨이 내게도 저릿하게 전해져. 나의 끝 방은 이제 시간 속에서 허물어져 자물쇠도 필요 없어졌지만 이 그림을 볼 때면 나도 저 소녀처럼 비밀을 고백해 보았더라면 어땠을까 하는 생각이 들곤 해. 그랬다면 종종 내 마음을 지그시 누르는 슬픈 미소 대신 소녀의 고운 눈빛을 가질 수 있었을까.

비밀을 이렇게 아름다운 느낌으로 표현한 이는 윌리앙 아돌프 부그로(1825~1905)라는 프랑스 화가야. 부그로는 고전과 신화·종교를 주제로 한 작품을 많이 그렸어. 아이와 함께 있는 엄마의 모습이라든가 소녀와 여인들도 그림 속에 자주 등장하곤 해. 그가 화가로 활동할 무렵에 유행하던 인상파 기법에 대해서 부그로는 완성하지 않은 스케치에 불과하다고 반대하는 견해를 보였어.

그래서 부그로는 엄격한 형식과 정밀함을 바탕으로 얼굴과 인체를 섬세하고 사실적으로 표현하려고 했지. 그러면서도 그의 붓은 소녀들의 맑은 눈동자를 그려 낼 만큼 온화하고 부드러웠어. 이 그림의 소녀도 얼마나 사랑스러운 눈빛을 하고 있니? 아주 사소한 말에도 타오를 것 같은 저 눈망울과 엷은 미소의 유혹을 떨치는 게 더 힘들 것 같잖아. 그런 소녀가 마음속의 비밀을 털어놓았다면, 난 무조건 다 들어주고 말 듯해.

이제는 무심하고 무덤덤한 하루가 점점 늘어나 작은 감정들은 쉽게 놓치곤 하지만, 더하지도 덜하지도 않고 가슴에 온기를 지켜 줄 만큼의 비밀은 여전히 있었으면 좋겠어. 책상 위에 살며시 놓고 나오는 비밀 쪽지처럼 너무 무겁지 않은 비밀,

그 안에 다 담길 만큼의 작은 비밀은 꼭 말하지 않아도 견딜 만
하잖아. 그게 아니라면, 비밀을 다 말한 순간 다시 비밀이 생기
기 시작하는 사랑처럼, 혹은 하늘과 별을 외면하지 않아도 되
는, 그런 아름다운 비밀만 있으면 좋겠어.

마음속 주소로만 보내는 러브레터는
불길에서 빼내 온 심장 같아.
그래서 함부로 줄 수도 없고
어떤 때에는 뜨거운 상처를 주기도 하는가 봐.

러브레터

신용목 「실상사에서의 편지」
요하네스 베르메르 〈열린 창가에서 편지를 읽는 여인〉

지금까지 난 참 많은 편지를 쓰고 보내고 또 받았어. 사춘기 여고생 시절에는 다른 학교에 다니던 단짝 친구와 종종 편지로 속마음을 나누었고, 얼굴을 본 적 없는 펜팔 친구도 여러 명 있었어. 심지어는 라디오 프로그램에 사연을 적어 편지를 보내기도 했어. 스무 살을 넘기고서는 딱 한 사람에게 오랫동안 마음을 쏟아부었는데, 바로 연애편지를 통해서였지.

그 시절 편지지와 편지 봉투를 사러 문방구에 가던 발걸음이 지금도 떠올라. 일주일에 서너 통씩 편지를 쓰다 보니 꽤 자주 문방구에 가야 했지. 주로 연분홍색이나 예쁜 꽃이 그려진 편지지를 고르곤 했어. 우표까지 열 장씩 사서 돌아올 때면 얼마나 마음이 든든하던지. 편지를 쓸 때면 행여 중간에 글자가 틀릴까 봐 또박또박 눌러 쓰고, 다 쓴 편지를 부치고 나서는 답장을 기다리며 행복해했어.

빨간 우체통 앞을 지나갈 때면 나도 모르게 발걸음이 멈춰

⌐ 부드러운 햇살이 창턱에 앉아 있고

지고, 매일 우편함을 열어 보며 답장을 기다릴 만큼 편지를 주고받는 게 좋았어. 이건 지금처럼 빠르고 편리한 이메일이나 문자 메시지로는 결코 느껴 볼 수 없는 감정일 거야. 귀퉁이를 맞춰 반듯하게 접은 편지를 손에 들고 우체국이나 우체통으로 가는 마음이 전송 버튼 하나로 메시지를 보내는 마음과 어떻게 똑같다고 할 수 있겠어. 누가 보내든 똑같은 서체로 오는 이메일에는 보낸 사람의 숨결과 그 사람만의 글씨체가 없잖아.

난 그 시절에 받은 편지를 지금까지 전부 간직하고 있는데, 누렇게 빛바래고 굵게 번진 볼펜 자국을 볼 때면 친구들이 몹시 그리워지곤 해. 특히 사랑하는 사람과 주고받은 연애편지에는 그 시절의 뜨겁고 그리운 감정이 생생하게 담겨 있지. 마음에서는 벌써 사라진 것들을 편지는 고스란히 간직하고 있어서, 마치 내 마음의 박물관 같아.

그런데 요즘은 좀체 편지라는 것을 쓰지 않아. 생일 축하 카드를 쓰는 일조차 힘들어하잖아. 귀여운 이모티콘과 멋진 꽃다발 사진이면 되는데, 왜 굳이 예쁘지도 않은 손 글씨로 써야 하느냐면서 말이야. 또 길게 쓸 말도 없다나 뭐라나.

그렇지만 받는 처지에서 생각해 보면 금방 마음이 달라지잖아. 손바닥보다 작은 카드라도 오직 나만을 위해 공들인 시간과 마음이 담겼다고 생각하면 기쁨이 훨씬 커지니까 말이야. 하물며 사랑하는 사이라면 편지보다 더 좋은 오작교가 없다고 생각해. 말로는 전할 수 없는 것에도 용기를 내게 해 주고, 한번 스치고 지나는 말과는 달리 내 손끝에서 두고두고 읽힐 테니까.

그 사실을 누구보다 잘 아는 시인은 그리움이 넘치는 가슴 속 이야기를 편지로 써 보냈나 봐. 소용돌이 치는 격정의 문장은 없지만 읽는 사람의 마음을 얼마나 흔들어 놓는지. 꼭 나에게 온 편지인 줄 착각하게 만들어. 편지 봉투에 내 이름이 적혔다는 상상을 하면서, 지금 막 도착한 이 편지를 떨리는 마음으로 함께 열어 볼까.

실상사에서의 편지

신용목

감기에 종일을 누웠던 일요일 그대에게 가고 싶은 발걸음 돌려 실상사를 찾았습니다 자정의 실상사는 겨울이 먼저 와 나를 기다리고 천 년을 석등으로 선 석공(石工)의 살내음 위로 별빛만 속없이 반짝이고 있었습니다 상처도 없이 낙엽은 섬돌에 걸려 넘어지고 석탑의 그림자만 희미하게 얼어가는 이 거역 없는 불심(佛心)의 뜰 안에 서서 〈여기 철불(鐵佛)로 지맥(支脈)을 잡아 새 나가는 국운(國運)을 막으리라〉 정녕 그대를 사랑한 것은 내 생을 아름답게 만들기 위함이 아니었습니다 은빛 시린 서리처럼 오랜 세월 말없이 견디는 계절의 눈빛마다 속 졸이며 현상되는 기억을 대웅전 연꽃무늬 문살에 새기다가 사람의 가슴에도 깊이가 있다면 그대보다 멀리 있는 그대의 그리움 또한 아득히 잠기겠지요 실상사 긴 담장을 품고 산허리 꽃 피고 눈 내릴 때마다 더러는 못 참아 술값도 치러가며 떠나온 그 자리 여기 실상사 언제

는 그립지 않은 시간이 있었냐며 풍경 소리는 바람의 몸을 더듬고 있었습니다

그대에게 편지를 씁니다

이 시에 등장하는 실상사는 지리산 기슭에 있는 절이야. 통일 신라 시대에 지어졌으니 천년의 역사를 간직한 곳이지. 천년이라니 헤아리기도 벅찬 길고 오랜 세월이야. 그 시간의 깊이만큼 고즈넉한 곳으로 화자는 찾아갔대. 깊은 밤, 동행도 없이 산속의 절을 찾는 사람이라면 아무에게나 말하고 싶지 않은 사연이 있지 않았을까. 그 사연을 잔잔하게 적어 놓은 게 바로 이 시야.

온종일 감기를 앓으면서도 마음은 그대에게로만 향하고 있을 만큼, 지금 화자는 누군가를 깊이 사랑하고 있어. 그런데 어쩐 일인지 그대가 있는 곳으로 쉽게 찾아가지는 못한대. "말없이", "속 졸이며" 견디는 시간이라고 한 걸 보면 말 못할 사연이 있는 듯싶어. 그러니 화자가 마음을 전할 길은 편지밖에 없지 않았을까. 상황도 상황이지만, 그립다는 말이나 부끄러운 고백을 하는 데는 편지만큼 좋은 도구가 없으니까. 하지만 화자는 그 편지에 속상하다거나 힘들다는 말은 꾹 참고 하지 않았어. 산허리에 꽃이 피었다가 그 자리에 눈이 쌓이는 동안에도 그리움은 사라지지 않는다고만 조용히 에둘러 말하고 있지.

아픈 마음을 들킬까 봐 산사의 고요한 풍경을 하나씩 짚어 가던 화자는 산책을 하다가 실상사에 얽힌 이야기를 읽게 된

것 같아. 이곳에 절을 세우지 않으면 우리나라의 정기가 일본으로 빠져나간다는 풍수지리설에 따라 실상사가 지어졌다는 전설인데, 시의 흐름과도 낯설고 연애편지에도 어울리지 않는 이야기를 시인은 왜 굳이 꺼낸 걸까? 아마 목까지 차오른 다른 말을 삼키느라 그런 게 아닌가 싶어. 우리도 가끔 그러잖아. 꼭 하고 싶은 말을 못할 땐, 불쑥 전혀 엉뚱한 얘기를 하면서 자기 마음을 속이곤 하잖아.

이런 상황을 상상하면서 시의 문장들을 읽다 보면 사랑해, 사랑해, 라는 말을 수천 번 듣는 것보다 가슴이 더 저릿해져. 연꽃무늬 문살에도 긴 담장에도 놓아둔 마음을 편지에는 다 적어 보내지 못하는 안타까움이 행간마다 녹아 있거든.

실상사라는 장소가 안겨 주는 세월의 무게와 "그대보다 멀리 있는" 그리움의 거리가 합쳐져서 화자의 애틋한 마음이 잘 느껴져. 특히 "언제는 그립지 않은 시간이 있었냐"며 스스로 묻고 혼자 위로하는 시의 마지막 대목은 편지를 받는 사람의 마음을 크게 흔들어 놓을 듯해. 나라면 편지를 다 읽고도 금방 접지 못한 채 두 번 세 번 다시 읽을 것 같아. 아니, 편지글이 다 외워지도록 읽을지도 몰라.

이렇게 잔잔하지만 깊은 사랑의 편지를 받는 사람의 마음은 과연 어떨까 상상하다 보니, 이런 편지를 받을 사람이 혹시 다음 그림 속의 젊은 여인일지도 모른다는 생각이 들었어. 방 안의 두꺼운 침묵 속에서 편지에 몰입해 있는 여인의 모습은 하늘에 첫 별이 뜨는지도 모르는 듯하거든.

열린 창으로 들어오는 햇살 아래 여인이 편지를 읽고 있어. 실상사에서 화자가 쓴 편지를 받았다는 상상을 하며 이 여인을 바라봐 줘. 조금 전에 받았는지 아니면 벌써 열 번쯤 읽었는지 모르겠지만, 한 글자도 놓치고 싶지 않아 밝은 빛을 향해서 편지를 읽고 있어. 편지의 끝자락에 멈춘 시선으로 미루어 저 상태로 한참을 서 있었을 것만 같아. 혹, 이 여인도 우리가 읽은 시의 마지막 문장을 반복해서 읽고 있는 건 아닐까. "언제는 그립지 않은 시간이 있었냐"는 그 문장 말이야. 일분일초 매 순간 그리웠다는 이 말보다 더 절절한 고백이 어디 있겠어.

그래서 편지지를 쥔 여인의 두 손은 마치 모든 희망을 송두리째 꼭 잡고 놓지 않으려는 것처럼 단단해 보여. 조용히 내려다보는 두 눈에서는 곁에 있어도 말 붙이기 힘든 몰입과 침묵이 느껴지고. 창문으로 들어오는 부드러운 바람과 햇살만이 여인을 방해하지 않고 이 공간을 지나갈 수 있는 것 같아.

그런데 편지를 읽는 여인의 표정이 좀 야릇해. 한편으로는 행복해 보이면서도, 또 한편으로는 살짝 우울함이 느껴지거든. 도대체 무슨 내용이 적혀 있는지 물어보고 싶어져. 하지만 그건 불가능하니까, 어떤 연구자들은 이 그림에 엑스선을 투사해서 더 깊이 숨겨진 것들을 찾아내려고 했어. 나만큼이나 호기심 많은 연구자들이지. 어쨌건 엑스선이 감춰진 사실을 찾아내주긴 했어. 처음에는 그림의 뒤쪽 벽에 커다란 큐피드가 그려져 있었다는 거야. 그건 이 여인이 읽고 있는 편지가 연애편지라는 점을 화가가 강조했다는 의미래. 큐피드는 사랑의 신이잖

요하네스 베르메르, 〈열린 창가에서 편지를 읽는 여인〉
1657~1659년, 캔버스에 유채, 83×64.5cm, 독일 드레스덴 국립 미술관

아. 그러니 우리가 그림의 내용을 아주 잘못 보지는 않은 거지.

그래서일까, 열린 창문에 비친 여인의 반대쪽 얼굴로 자꾸 눈길이 가면서 난 이 여인이 행여 울지는 않을까 염려되기도 해. 여러 감정이 응집된 얼굴의 굳은 표정이 사랑의 어려움을 떠올리게 해 주거든. 끝내 여인이 울음을 터뜨리고 만다면 난 올리브그린 빛깔의 커튼을 조용히 드리워 작은 그늘 속에서 그 울음을 지켜 주고 싶다는 생각까지 해 봤어.

이렇게 평범한 일상의 한순간을 영원으로 남긴 사람은 17세기 네덜란드의 화가 요하네스 베르메르(1632~1675)야. 그는 위의 그림처럼 실내에 있는 여자들을 많이 그렸어. 책 읽는 여인, 피아노나 악기를 다루는 여인, 레이스를 뜨는 소녀, 우유를 따르는 하녀, 와인을 마시며 이야기를 나누는 여인 등 실내의 소박한 풍경이 소재가 되는 풍속화에 뛰어난 솜씨를 발휘했어. 덕분에 우리가 옛날 네덜란드 사람들의 생활상을 엿볼 수 있는 거지.

특히 베르메르는 빛의 재현과 표현에 남다른 감각이 있었는데, 〈열린 창가에서 편지를 읽는 여인〉처럼 빛이 들어오는 창가의 인물을 주로 화폭에 담아냈어. 부드러운 빛과 침묵으로 가득한 공간 속에 조용히 물러나 있는 여인들. 그 고요한 정경을 포착한 그의 그림을 보면 행복과 아름다움이란 결코 거창한 것이 아니라는 생각이 들며 마음이 편안해지곤 해. 사랑의 편지를 읽는 소박하고 아름다운 순간이 누구에게나 한 번쯤은 있고, 그럴 때 우리의 모습도 이렇게 곱다는 걸 시간을 되돌아 느끼게 하는 그림 같아.

다른 사람의 고백이지만 사랑의 마음을 읽으니, 마음속 주소로만 보내는 러브레터는 불길에서 빼내 온 심장 같아. 그래서 함부로 줄 수도 없고, 어떤 때에는 뜨거운 상처를 주기도 하는가 봐. 시인처럼 은빛 서리도 견디고 그림 속의 여인처럼 미동도 없이 마음을 참아 내며 사랑의 편지들이 쌓여 갈 때, 사랑은 두 사람이 깨어서 꾸는 꿈과 같은 것이 되리라 믿어. 나도 내 오랜 연애편지들을 한번 꺼내 봐야겠어. 저 여인의 포즈를 하고서 순수했던 시간을 다시 느껴 보고 싶어.

ㄱ 부드러운 햇살이 창턱에 앉아 있고

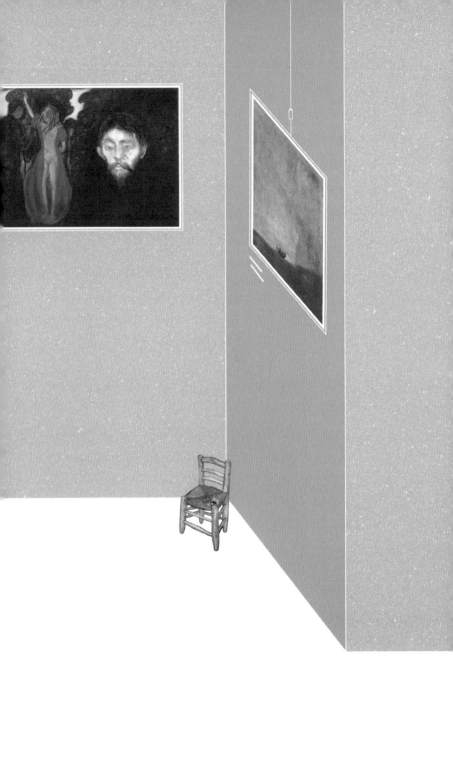

가장 밑바닥
감정의 기록

어떤 날은 개를 생각하게 하고
어떤 날은 절망에 빠진 나를 바라보게 하면서
더 많은 것에 연민을 갖게 했어.
세상에 마음이 묶이지 않았다면
이런 시와 그림은 나오지 않았을 거야.

버려진 개

고영민 「꼬리는 개를 흔들고」
프란시스코 고야 〈모래에 묻히는 개〉

멍멍멍. 발소리를 듣고 문이 열리기도 전에 달려와서 꼬리를 살랑거리며 반기는 강아지는 언제나 귀여워. 누구 발소리인지를 어쩜 그렇게 잘 알아차리는지. 현관문이 열리면 기다렸다는 듯 뱅글뱅글 돌면서 춤추는 모습을 보면 나를 이만큼 반겨주는 마음이 고맙기까지 해. 말을 못 하는 동물이라는 생각이 전혀 들지 않잖아.

유난히 다정한 이런 모습 때문에 엄마도 나이 드시곤 강아지를 키웠어. 자식들이 커서 다 외지로 떠난 시골집에 아버지랑 엄마만 남았을 무렵부터. 엄마가 강아지를 데리고 온 날을 기억해. 엄마 목소리가 한 옥타브쯤 높아지고 사분음표가 아니라 팔분음표로 말하는 듯했거든. 참 오랜만에 생기가 도는 목소리를 듣는구나 싶었어. 며칠 뒤 손바닥보다 조금 더 큰 강아지는 앵두라는 이름을 얻었고, 작고 포근한 집도 만들어졌지.

난 멀리 떨어져 있어서 그 모든 이야기를 전화로만 들었는데, 엄마 품에 안겨 짖어 대는 강아지 소리가 늘 함께 들려오곤 했어. 나도 몇 번쯤은 전화로 "앵두야!" 하고 불러 주었지. 엄마가 지은 그 이름이 예쁘고 맘에 들었거든. 나도 나중에 강아지를 키우게 되면 앵두라고 해야지 하는 생각까지 했어.

아무려나 엄마는 강아지 한 마리 덕분에 바쁜 날을 살게 되었어. 엄마 마음에 가득하던 외로움과 우울의 그늘이 조금씩 옅어지는 걸 멀리서 지켜보며, 앵두가 참 고마웠어. 그럴 때 나보다는 앵두가 엄마에게 훨씬 나은 존재가 되는 거였지. 늘 곁에서 몸을 부비고 온기를 나누고 무엇보다 마음을 어루만져 주니까.

반려동물은 이제 기르는 대상이 아니라 가족 같은 존재가 된 거야. 사람들에게서 받은 상처와 소외감을 동물을 통해 위로받는 사람이 많아지고 있다는 뜻이기도 해. 그런데 문제는, 그런 사람들이 늘어나면서 버려지는 동물도 그만큼 많아졌다는 거지. 개가 병들거나 늙어서 키우기 힘들어지면, 또는 단순히 마음이 바뀌면 그냥 버리는 사람들 얘기를 들어 봤을 거야. 요즘 유기견 보호소는 매일매일 구조해 오는 개들로 공간이 부족할 정도래. 하루에도 수백 수천 마리나 되는 개들이 버려지는 줄도 모른 채 버려지고 거리를 위험하게 떠돌고 있어. 지금도 낡은 빈집에서, 골목길에서, 고속 도로에서, 산과 강과 바다에서, 버림받은 개들이 주인을 기다리고 있어. 그 모습을 떠올리기만 해도 가슴 아픈데, 어떻게 그런 모진 짓을 할 수 있을까.

좋아서 키울 때는 예쁜 옷도 사 입히고 동물 미용실에서 털도 예쁘게 잘라 주고 알록달록 염색도 해 주고 머리핀까지 꽂아 주던 개를 하루아침에 쓰레기처럼 내다 버리는 이기적인 사람들에게 이 시와 그림을 보여 주고 싶어. 개의 마음이 되어 개의 눈빛으로 사람을 바라보라고.

꼬리는 개를 흔들고

고영민

버림받은 후에도 여전히 같은 자리에서
주인을 기다리는 개야

주인은 어디에 있는가
있기는 한 것인가

빨랫줄에서 한 바구니 마른빨래를 담아와 개면서
하염없이 저렇게 누군가를 기다리다보면
내가 기다리는 사람도 분명 저 길을 따라 올 것 같은
밑도 끝도 없는 생각
항상 먼저 너를 버린 건 나,
모든 과오는 네가 아닌 나에게서
비롯되었다는 생각

개는 여전히 흰 목수국 옆
쩽쩽 해가 내리는 길 한복판을 지킨 채
앉아 있고

수국이 수국의 시간과 대적하지 않듯

누가 불러도 짖거나 꼬리 치지 않는,

진짜 자신으로부터 멀어지고 있는 것이 무엇인지

뚫어지게 쳐다보면서

지독한 기억 속으로

느릿느릿 오는 허기 속으로

끝끝내 버림받았다는 것을 믿지 않는

개야

달려라, 개야

조금 전까지 따뜻한 거실 소파 밑에서 햇볕을 쬐고 있었던 것 같은데, 여기는 어딜까? 엄마 아빠라고 부르던 사람들은 어디로 간 걸까? 어둠이 올 텐데, 빗방울이 떨어지고 바람이 몸을 식힐 텐데, 그 전에 나를 데리러 와 줄까? 멍멍멍, 내 목소리를 잊기 전에 내가 먼저 불러야겠어. 내가 여기 있다고. 멍멍멍.

개 한 마리가 낯선 곳에 버려졌어. 하얀 목수국이 피어나는 길 한복판에 내동댕이쳐졌어. 차 문이 열리고 개를 던져 버리고 차는 멀어져 갔어. 영문을 모르는 개에게는 그 자리에서 꼼짝도 않고 기다리는 일만 남았어. 차가 사라진 쪽으로 눈을 고정하고 바위처럼 굳어 가는 거야. 지나가던 꼬마가 불러도 꼬리 치지 않고 차가 달려와도 옆으로 비키지 않은 채 그 자리에 그대로. 만약 사람이었다면 어땠을까? 악다구니를 치며 달려 갔겠지. 커다란 돌멩이라도 하나 주워서 던져 보고 발부리에 걸리는 나무뿌리도 괜히 툭툭 걸어차고 말이야. 그러나 개는 하얀 꽃이 피는 것을 방해하지 않으면서 쨍쨍한 해를 온몸으로 다 받아 내고 있어. 자기 눈에서 사라진 차와 사람들이 다시 나 타나기를 기다리며.

이 광경을 보고 있던 화자는 뜻하지 않은 곳에서 뜻밖의 얘기를 불쑥 꺼냈어. 언젠가 너를 버리고 떠나온 일이 있었다 고. 그때 너도 저 개처럼 하염없이 기다렸겠구나, 하고. 버려진 줄도 모르고 마음을 버리지 않고 끝까지 기다렸겠구나. 이 얘 기만으로는 화자가 버린 것이 사랑하던 '너'였는지 좋아하던 '개'였는지 정확하지 않지만, 누군가를 기다리게 만든 잘못을 뒤늦게 뉘우치는 것만은 분명해.

어쨌거나 시간은 어둠과 함께 세상을 덮는데 여전히 개는 눈길을 거두지 않아. 시간이 흐를수록 허기와 슬픔으로 깊어져 갈 개의 까만 눈이 나를 쳐다보는 것 같아. 몇 날 며칠이 지나도 하얀 수국이 피었다 져도 끝내 주인은 오지 않을 텐데. "진짜 자신으로부터 멀어지고 있는 것이 무엇인지" 알게 된다면 그 때부터 개는 "지독한 기억"을 쳐다보며 지내야 할 텐데.

그러기 전에 난 이렇게 말해 주고 싶어. 달려가라고. 너를 버린 사람들을 다 잊어버릴 때까지 자유롭게 마음껏 달려가라 고. 집 안에서만 맴돌던 다리에 네 진짜 힘을 실어 보라고.

개의 처지와 상황을 이해하고 나면 비로소 시인이 붙인 제 목이 이해되는 것 같아. 개가 꼬리를 흔들어야지 "꼬리는 개를 흔들"다니, 처음엔 이 무슨 말장난일까 싶었거든. 주인을 향해 사람들을 향해 반가운 마음으로 흔들던 꼬리를 더는 흔들 일이 없어졌을 때, 그 상실감은 개를 위태롭게 흔든다는 말이었어. 아, 이제야 제목도 시도 개의 마음도 선명하게 읽히네.

동물도 마음이 있는 존재라는 것을 잊지 말아야겠어. 장난감을 사듯 사 왔다가 버리는 일은 절대 없어야 하는 거야. 시에서 지금도 기다리고 있는 개의 텅 비어 가는 눈빛을 꼭 기억하고 싶어. 그래서 이 시를 읽고 만약 그림을 그려야 한다면, 난 개의 눈동자만 그리고 싶다는 생각이 들었나 봐. 절망과 슬픔을 말로 표현할 수 없기에 더더욱 간절해진 개의 눈동자와 눈빛을 남기고 싶거든. 그런 눈빛을 화가 고야는 벌써 보았는지, 시와 내 마음에서 찍어 낸 듯한 그림 한 점을 남겨 놓았어.

내가 여기에 있어

이제는 짖을 힘조차 없어 보이는 지친 개가 머리만 내놓고 먼 곳을 바라보고 있어. 화면에 보이지 않는 저 위쪽에서 모래가 내려와 쌓이는 중인 것 같아. 개의 몸은 진작에 다 묻히고 머리만 겨우 남았어. 사방을 둘러봐도 지푸라기 하나 없는 텅 빈 공간이야. 개에 비해 너무나 크고 막막한 허공이 개의 처지를 더욱 참담하게 해. 개는 어쩌다 저기에 있게 된 걸까? 저런 곳에 빠진 개를 두고 주인은 어디를 간 걸까? 눈을 깜빡이지도 않고 고개도 돌리지 않은 채 응시하는 저 위에는 뭐가 있는 걸까? 그림만으로는 상황을 알 수 없는 우리처럼 저 개도 자기 앞에

프란시스코 고야, 〈모래에 묻히는 개〉
1820~1823년, 캔버스에 유채, 134×80cm, 스페인 마드리드 프라도 미술관

어떤 일이 펼쳐질지 모르고 있어. 그저 기다리고 또 기다릴 뿐이야. 그 기다림의 끝이 죽음일지라도 운명에 거부하지 않는 자세로 말이야.

그렇지만 한곳만을 뚫어지게 쳐다보는 저 개의 애원하는 듯한 눈빛에는 슬픔이 가득해. 원망도 미움도 없이 오직 슬픔만을 끌어안은 눈이야. 가지런히 뒤로 젖힌 귀는 더 이상 발소리를 기다리지 않는다는 뜻처럼 보여. 그러면서도 눈길은 거두지 못하는 개. 개의 순종과 의리가 이 상황을 더욱 미안하고 아프게 하는 것 같아.

저토록 절망적인 모습의 개를 그린 사람은 프란시스코 고야(1746~1828)라는 화가야. 손에 붓을 쥔 채로 죽었다는 이야기를 남긴 이 화가는 2천여 점의 그림을 남겼어. 스페인의 시골에서 가난한 도금공의 아들로 태어나 궁정 화가가 되어 부와 명예를 거머쥐기도 했지만, 프랑스 대혁명과 전쟁을 겪으면서 그의 삶과 그림에 변화가 일어났어. 밝고 섬세한 색채는 사라지고 전쟁의 참상을 고발하는 작품을 그리기 시작했지. 특히 40대 중반쯤 병으로 청력을 잃고 난 뒤로 그의 그림은 점점 더 어두워졌어. 죽을 때까지 40여 년 동안 듣지 못하는 삶을 살아야 했으니 자신의 고통을 색채로 나타내 보였나 봐.

그래서 병적인 상상력이 발휘된 그림들은 기괴하고 섬뜩한 분위기까지 띠고 있어. 심한 것은 마치 공포 영화의 한 장면처럼 보여. 이 그림도 그런 상황을 배경으로 해. 70대에 접어든 고야는 '귀머거리의 집'에 틀어박혀 은둔 생활을 하며 자신을 저주하고 학대하는 어둡고 기이한 그림을 그렸어. 이때 그려진 그림들을 '검은 그림' 시리즈라고 하는데, 모래에 묻히고 있는 개도 이 시기의 작품이야. 자신의 처지가 모래에 조금씩 묻혀 가는 개와 같다고 여겼던 거지.

실은 나도 실패하고 몹시 힘들 때 이 그림을 보면, 개 대신 내가 잠기고 있는 듯했어. 발밑에서 보이지 않는 손이 나를 끌어당기는 듯, 내 힘으로는 도저히 저 밝은 땅 위로 올라갈 수 없을 것만 같았지. 구원 따위는 없다는 생각을 하며 거울인 양 개의 눈망울을 오래오래 들여다본 적도 있었어. 그렇게 한참이 지나자 내 처지보다 개의 처지에 다시 눈길이 갔어. 말을 넘어선 공감이 절망을 조금 더 잘 견디게끔 마음을 준비시켜 주는 것 같았어.

그림의 힘은 이런 데 있었어. 그전에는 보이지 않던 것이 보이면서 내가 겪는 아픔에 마땅한 의미를 부여해 주는 것. 그리고 그림 속에 숨겨진 화가의 눈길이 나도 너와 같단다, 하고 불쑥 나를 끌어안아 주는 것 말이야. 어떤 날은 개를 생각하게 하고 어떤 날은 절망에 빠진 나를 바라보게 하면서 더 많은 것에 연민을 갖게 했어.

세상에 마음이 묶이지 않았다면 이런 시와 그림은 나오지 않았을 거야. 버려진 개 한 마리를 본 시인이 개에게서 떠나지 못하는 자신의 마음을 적어 둘 수밖에 없던 날, 우리는 오래전에 자기의 절망을 그리던 화가를 만나게 되고, 또 시인이 기억하려는 한 마리 개의 슬픔을 그림 속으로 다시 옮겨 보기도 해. 잊으려 해도 잘 잊히지 않는 저 개의 공허한 눈을 바깥세상에서 자주 마주치지 않기만을 바랄 뿐이야.

┌ 가장 밑바닥 감정의 기록

"삶은 종종 그런 것이다."
체념도 아니고 단념도 아닌 이 말.
받아들이겠다고 생각하는 순간
나오는 무심의 말 같아서
가볍든 무겁든
누구나 짊어지고 있는 운명의 짐을
벗어 버리려고 했던 날을
다시 생각해 보게 돼.

등의 슬픔을 보여 줘

오귀스트 로댕 〈다나이드〉
서안나 「등」

가슴 아픈 일로 울고 있을 때 가만히 다가와 등을 쓸어 주던 손길이 있었어. 내 등줄기의 곡선을 따라 천천히, 울음이 잦아드는 속도처럼 느리게 등만 쓰다듬어 주었어. 토닥토닥 등을 다독여 주는 그 손은 백 마디 말보다 든든한 힘이었지. 다른 곳도 아니고 왜 하필 등을 위로하는지, 그리고 등을 쓸어 주는 손이 왜 그토록 따뜻했는지 나중에 혼자 생각해 보곤 했어.

그건 내 손으로는 결코 할 수 없는 일이라서 그런 것 같아. 내 머리와 얼굴, 팔다리, 배나 가슴, 어디든 아프면 내 손으로 약을 바르고 만져 줄 수 있지만 등은 아니잖아. 등은 보이지 않을뿐더러 다른 사람의 손을 필요로 하는 곳이거든. 그래서 등을 내주면 꼭 온기를 얻게 되나 봐. 울고 있는 나를 달래던 그 손길처럼, 내 등에 업힌 아이의 체온처럼, 다른 손길에 등이 맡겨지면 따뜻한 시간이 생기는 거였어.

그런 등에서 그 사람의 그늘을 보기 시작하면 비로소 철이 좀 든 거라는 생각도 들어. 아버지의 굽은 등에서 연민을 느끼고 엄마의 등에 업혔던 기억이 아련해지는 때가 되면 다른 사람의 뒷모습에도 눈길이 머물게 돼.

사랑이 깊은 사람이라고 믿었던 이의 등에서 서늘한 느낌을 받을 때, 앞에서 보여 준 웃음과는 다른 표정을 짓고 있는 등에 놀라고 실망하곤 하지. 늘 강인하다고 생각했던 이의 등이 쓸쓸하고 초라해 보일 때도 있어. 앞모습으로 표현한 것들이 전부가 아니라는 것을 느낄 때마다 나는 등의 비밀을 더 믿는 쪽이야. 업혀서 잠이 들고 기대어 울고 맞대고 토라지기도 하는 거기. 뒷모습은 앞모습보다 정직하다는 것을 알아 버렸거든. 그리고 등을 보이며 떠나가는 사람의 뒷모습은 또 얼마나 슬픈지. 사랑이 끝나고 떠난 사람의 얼굴은 희미하게 잊혀도 마지막 보았던 그 등은 더 오래 기억에 남아 있거든. 이처럼 등과 뒷모습은 앞모습만큼이나 다양한 느낌을 안겨 줘. 앞모습보다 더 신뢰할 수 있을 만큼 정직하기도 하고.

우리는 얼굴에 쌓이는 세월은 눈으로 확인하며 애달파하지만, 보이지 않고 보지 못하는 등에는 어떤 상념이 내려앉고 어디쯤에 그늘이 깊어지는지 모른 채 살아. 등은 저 혼자 자기의 모습을 만들며 그 사람의 진실을 나타내고 있는데 말이야. 그래서 마침내 등의 깊이를 보려고 눈을 뜨면 그때는 그 사람의 삶이 환히 보이나 봐. 자기는 모르는 비밀과 다른 사람들에게만 보이는 진실이 등에 다 적혀 있으니, 등에 매혹되었던 많은 화가들과 예술가들을 충분히 이해할 것 같아.

그중에서도 난 이 여인의 등이 언제나 너무 가여워. 의지라

오귀스트 로댕, 〈다나이드〉
1889년경, 대리석 조각, 프랑스 파리 로댕 미술관

고는 전혀 없이 쓰러진 꽃잎처럼. 다시 일으킬 수 있을까, 마음
이 아프고 또 슬퍼. 볼 때마다 마음보다 손이 먼저 내밀어지는
여인의 등을 오늘은 더 부드럽게 쓰다듬어 주고 싶어.

등으로 우는 울음

이 작품은 그림이 아니라 조각이야. 세계에서 가장 유명한
조각 작품 중 하나인 〈생각하는 사람〉을 만든 오귀스트 로댕
(1840~1917)의 조각이지. 단테의 『신곡』을 좋아했던 로댕은 『신
곡』 「지옥편」에서 영감을 받아 대표작 〈지옥의 문〉을 제작했
어. 〈지옥의 문〉은 로댕이 죽을 때까지 20여 년이 넘게 몰두했
지만 끝내 미완성으로 남은 작품이기도 해. 그 긴 시간이 말해
주듯 〈지옥의 문〉에는 고통받는 많은 군상들이 등장하는데, 그
인물들 각각은 모두 걸작으로 인정받을 정도야. 〈생각하는 사
람〉도 그중 하나이고.

〈지옥의 문〉 가장 높은 곳에서, 바위에 걸터앉아 턱을 괴고
생각에 잠긴 건장한 남자의 청동 조각상. 이것이 바로 〈생각하
는 사람〉이잖아. 울룩불룩 튀어나온 근육과 튼튼한 힘줄의 사
나이가 고개를 숙이고 깊은 생각에 빠져 있는 모습은 얼마나
고독해 보이는지. 지옥문을 내려다보며 자신의 삶과 운명을 고
뇌하는 남자의 모습은 한 번 보면 결코 잊을 수 없을 만큼 인상
적이야. 그런데 이 작품을 처음 세상에 선보였을 때는 평론가
에게 비웃음을 샀다고 해. 로댕이 그전까지 이어져 온 조각의
전통을 모두 깨고 실제적인 형태를 만들어 내고자 해서야. 그

리스의 조각들이 모두 아름다움 그 자체였다면, 로댕의 손에서 만들어진 인체는 인간 본연의 모습과 내면까지 담아내고 있어서지. 로댕의 조각 작품에서 우리가 특별히 감동을 느끼는 건 인체의 아름다움 때문이 아니라 진지하고 고통스러운 마음이 담겨 있기 때문일 거야. 이 작품 〈다나이드〉도 마찬가지야.

프랑스의 가난한 집에서 태어나 신의 손이 되기까지 로댕도 많은 고비와 어려움을 겪었어. 어린 시절에는 주목받는 학생이 아니었고, 미술학교 입학시험에서는 세 번이나 낙방을 했지. 이런 고난의 시기에 정이 깊었던 누이가 병으로 세상을 떠나고 다른 형제들이 실종되는 큰 불행이 겹치자 로댕은 수도원에서 수도사 생활까지 했대. 방황하고 수련하는 긴 시간의 노력 끝에 로댕의 손은 저 아름다운 등에도 울음이 고이게 할 수 있었던 거지.

저 여인의 등에서 들리는 울음을 다시 얘기하기 전에 먼저 제목 '다나이드' 이야기부터 해 줄게. '다나이드'는 그리스 신화에 나오는 인물로, '다나우스의 딸'이라는 의미야. 옛날에 다나우스라는 왕이 있었는데, 어느 날 왕은 신탁에서 자신의 사위에게 죽음을 당할 거라는 예언을 들었어. 그런데 이 왕에게는 딸이 무려 50명이나 있었어. 딸이 한 명만 있어도 두려웠을 텐데 50명이나 되니 사위도 50명이 될 거잖아. 그래서 왕은 결혼시키면서 딸들에게 명령했어. 다들 첫날밤에 자기 남편을 죽이라고. 이에 딱 한 명을 제외한 49명의 딸은 모두 자기 남편을 죽였대.

아버지를 위해 명령을 따랐지만 사람을 죽이는 나쁜 죄를 지었으니 딸들은 대가를 치러야 했지. 남편을 살해한 죄로 지옥에서 구멍 뚫린 통에 물을 가득 채워야 하는 벌을 받았어. 구멍이 뚫린 물통이니 영원히 채워지지 않을 테고, 따라서 그들의 형벌도 끝날 수 없었지. 로댕은 바로 이 저주받은 딸들에게서 영감을 얻어 〈다나이드〉를 만들었는데, 어떻게 등으로 그 깊은 절망과 슬픔을 보여 줄 수 있는지 놀라워서 감탄이 절로 나와.

무릎을 꿇고 몸을 웅크려 머리카락은 앞으로 다 쏟아지고, 바닥에라도 의지하고 싶은 여인은 얼굴 대신 등을 크게 보여 주고 있어. 울고 있는지 어떤 표정을 하고 있는지 얼굴은 잘 볼 수가 없어. 물을 나르다가 지쳐 쓰러진 듯한 모습에서 끝나지 않을 절망과 고통을 짐작할 수 있을 뿐이야. 그런데 여인의 하얀 목덜미부터 이어지는 등줄기의 곡선이 쓰다듬어 주고 싶을 만큼 아름다워. 아름다워서 더 슬프게 느껴져. 저렇게 등이 아름다운 여인이 헛된 일을 끝없이 반복해야 하다니. 등의 애처로움과 형벌 사이의 간격이 너무 커서 여인의 아픔에 더 쉽게 동정심이 생기는 것 같아.

근육이 울퉁불퉁 불거진 등이었다면 이만큼 마음이 쓰이지는 않았을 거야. 〈생각하는 사람〉의 그 남자가 물을 져 나르다가 쓰러져 있다고 상상해 봐. 오래 바라보지도 않았을 테고, 아름답다는 생각도 못 했을 거야. 등으로 울고 있다는 생각은 더더욱 하지 못했겠지. 저 하얀 등은 절망에 지쳐, 고통에 무너져, 한없이 울고 있는데 말이야.

눈과 입으로, 또는 얼굴로 울어야 할 일을 다 등에 지워 놓고 엎드린 저 여인. 서둘러 울고 돌아설 필요조차 없고 눈물을 들킬까 걱정할 필요도 없이 한없이 울고 있을 저 여인의 등은 눈물을 담은 하얀 저수지 같아. 영원히 채워지지 않을 물통과 영원히 마르지 않을 등의 눈물, 그 어느 것도 끝나지 않으리라는 사실을 알기에 그 비극을 지켜보는 우리도 가슴이 저려오는 거겠지.

등이 이렇게 깊고 많은 표정을 지니고 있다는 것을 〈다나이드〉를 볼 때마다 다시 새삼스레 느끼곤 해. 내가 억지로 꾸밀 수 없는 등, 손 닿지 않는 곳의 아름다움과 슬픔은 진솔해서 언어를 초월한 몸의 시라는 생각도 해 봤어. 이런 느낌 때문에 한때 로댕의 비서로 일한 시인 릴케도 〈다나이드〉가 로댕의 작품 중 여체를 가장 아름답게 표현한 작품이라고 찬탄했을 듯싶어. 그리고 한 가지 더. 저 여인의 실제 모델이 로댕의 제자이자 연인이었던 카미유 클로델이었다는 점도 나는 가슴이 아파. 카미유 클로델의 삶이 다나이드 못지않게 절망적이고 고통스러웠거든.

언제던가 마음이 무너져서 저렇게 혼자 엎드려 울다가 문득 〈다나이드〉가 떠오른 적이 있어. 그녀의 등 위에 나를 내려놓는 그 순간 내 울음은 천천히 잦아들었어. 큰 슬픔을 보는 일만으로도 내 슬픔은 밀려나는 것 같았어. 그 어떤 말보다도 더 잔잔한 위로가 마음을 덮어 웅크린 몸을 일으켜 세웠지. 그 어느 때보다도 혼자였으나 혼자 울지 않은 듯한 그 경험은 내게 아주 특별했어. 슬픔이라는 건 어디에나 존재하고 누구의 삶에나 스며 있다는, 그런 들리지 않는 말을 들었다고 해도 과장이 아닐 거야.

　대리석으로 깎은 저 차가운 등에도 온기가 도는 날이 오려면 다시금 로댕의 손이 필요할 테니, 우린 너무 멀리 가지 말고 그저 시인을 향해서 살짝 등을 돌려 보기로 해. 시인이 바라본 등에는 또 어떤 삶의 격랑이 지나가고 있는지도 들어 줘야 하니까.

등

서안나

등이 가려울 때가 있다
시원하게 긁고 싶지만
손이 닿지 않는 곳
그곳은 내 몸에서
가장 반대편에 있는 곳
신은 내 몸에
내가 닿을 수 없는 곳을 만드셨다
삶은 종종 그런 것이다,
지척에 두고서도 닿지 못한다
나의 처음과 끝을
한눈으로 보지 못한다
앞모습만 볼 수 있는
두 개의 어두운 눈으로

나의 세상은 재단되었다

손바닥 하나로는

다 쓸어 주지 못하는

우주처럼 넓은 내 몸 뒤편엔

입도 없고 팔과 다리도 없는

눈먼 내가 살고 있다

나의 배후에는

나의 정면과

한 번도 마주 보지 못한

내가 살고 있다

등이 진실을 말한다

등이 가려워서 긁으려고 팔을 위로 아래로 올렸다 뻗었다
해 봐도 끝내 손이 닿지 않는 곳이 있어. 가려움은 해결되지 않
고 괜히 억지로 구부린 팔만 아프고 말아. 다행히 곁에 가족이
라도 있으면 긁어 달라고 하겠지만, 나 혼자만 있을 때 한참 동
안 신경이 쓰이지. 누구에게나 종종 있는 이런 상황을 두고 시
인은 사유를 시작했나 봐. 등과 뒷모습의 진짜 이야기는 무얼
까 하고.

신 앞에 엎드려 간절히 기도할 때 인간은 하늘을 향해 얼굴
을 보이지 않고 등을 보여. 난 언제나 그 모습이 숙연하게 느껴
져. 기도라는 것보다 기도의 자세가 내겐 더 기도처럼 느껴지
는 거야. 얼굴로 말하지 않고 둥글게 깊이 굽힌 등으로 하늘에

말을 하는 듯하거든. 거짓말을 하지 않는 등을 보여 줌으로써 내 마음의 진실을 읽어 달라는 것 같아. 그래서 시인도 신이 등을 만들었다고 한 걸까. 신이 사람의 진심을 읽어 낼 곳으로 등을 만들었다고 말이야.

실은 "손바닥 하나로는 다 쓸어 주지 못"할 만큼 우리 몸에서 면적이 가장 넓은데도 가장 소외된 곳. 관심과 눈길, 손길이 닿지 않아서 꾸며지지 않은 채로 있는 곳. 그곳은 남에게 보이기 위한 세계가 아니라서 내가 의도한 표정도 없고 사람들을 만나기 위해서 쓴 가면도 당연히 없어. "입도 없고 팔과 다리도 없는 눈먼" 내가 없는 듯이 살고 있는 곳이 등이라고 시인도 말하잖아. 아무것도 없는데 얼굴보다 나를 더 잘 나타내 보이고 있으니 진실이 있는 곳은 바로 등이라는 거지.

울고 있는 다나이드의 눈물을 직접 보지 않고서도 오로지 그녀의 등에 연민과 공감을 느끼는 것도 바로 이런 이유에서일 거야. 커다란 공간 속에 던져진 가녀린 여인의, 흉터 하나 없이 깨끗하고 아름다운 저 등도 울고 마는 게 삶이라는 것을 우리는 〈다나이드〉를 보며 희미하게 깨닫는 것 같아.

그러면서 시인의 말과 같은 위로가 내 가슴에도 한 줄 적히는 거야. "삶은 종종 그런 것이다." 체념도 아니고 단념도 아닌 이 말. 받아들이겠다고 생각하는 순간 나오는 무심의 말 같아서 가볍든 무겁든 누구나 짊어지고 있는 운명의 짐을 벗어 버리려고만 했던 날을 다시 생각해 보게 돼. 내 등은 〈다나이드〉처럼 영겁의 절망을 지고 있지 않다고 혼자 조용히 위로도 해 보면서.

돌에서 울음을 만들어 낸 로댕의 등과, 등에 있는 또 다른 자신의 모습을 생각하며 '나'를 사유하는 시인의 이야기를 듣고 나니 내 뒷모습은 어떤지 몹시 궁금해져. 하지만 긴 거울 앞에서 사분의 삼쯤 뒤돌아 온갖 방법을 써 가며 보아도 온전한 내 등은 볼 수가 없어. 그저 언뜻언뜻 비치는 것은 더 이상 꼿꼿하지 않고 한쪽으로 조금 더 기울어 지친 듯한 등이야. 그런 등이 내 몸에서 왜 가장 넓어야 하는지도 어렴풋이 알 듯 했어. 오늘도 내 삶의 일기가 빼곡하게 적히는 곳은 다름 아닌 등이니까. 그런 공간을 자기 뒤에 남겨 두는 거였어.

질투란 참 위험한 열정이면서
무엇으로도 쉽게 꺼지지 않는 불꽃 같아.
그 뜨겁고 아픈 불이 가슴에서 활활 타고 있으니
긴긴 밤을 잠 못 드는 건 당연한 일인 거겠지.

마음을 태우는 위험한 불꽃

에드바르트 뭉크 〈질투〉
남진우 「불면」

친구가 멋지게 성공한 모습을 볼 때, 내가 좋아하는 사람이 다른 사람과 더 다정하게 지낼 때, 나보다 늘 반짝이는 아이디어를 내는 동료를 볼 때……. 그럴 때면 불쑥불쑥 마음에서 솟구치는 게 있지? 들키면 부끄럽지만 맘대로 사라지게 하기도 힘든 것, 바로 '질투'라는 감정이야. 그 뜨거운 마음에 대해 이야기하기 전에 먼저 내 철없던 질투부터 고백할게.

내가 막 사춘기에 들어설 무렵, 그즈음은 우리나라에 외국 브랜드 신발들이 들어와서 인기를 끌고 있었어. 그런 신발은 무척 비싸서 감히 엄마에게 사 달라고 할 수가 없었지. 그런데 어느 날, 내가 줄곧 눈여겨보던 신발을 친한 친구가 학교에 신고 왔어. 며칠 동안 아이들의 관심은 식을 줄을 몰랐어. 아주 인기 많은 탤런트가 광고 모델로 나온 신발이었거든.

그날부터 난 그 친구와 같이 다니지 않았어. 너무 속상해서 말도 하고 싶지 않았으니까. 친구의 새 신발이 질투가 나서 쳐

┌ 가장 밑바닥 감정의 기록

다보는 것조차 싫었던 거야. 그땐 그 마음을 이기는 게 무척 힘들었던 기억이 나. 지금 같으면 그깟 신발쯤은 "야, 진짜 예쁘다! 부러워."라고 대번에 칭찬해 줬을 텐데. 그 뒤로 친구와 나는 서먹서먹해져 버렸어. 내 사소한 질투 때문에 소중한 우정을 잃고 말았지.

질투는 우리가 살면서 정말 자주 느끼는 감정인 듯해. 과학자들의 연구에 따르면 겨우 한 살쯤 된 아기도 질투를 한다. 엄마가 인형이나 낯선 사람에게 관심을 쏟을 때 그렇다고 해. 말못 하는 아기도 느끼는, 사람의 가장 원초적인 감정인 걸 보면 우리 몸속에 질투의 유전자가 있는 게 아닐까 해.

어른이 된 지금도 나는 종종 질투를 하고 쩨쩨한 마음을 몰래 부끄러워하곤 해. 요즘은 신발이나 옷이 아니고, 나보다 시를 잘 쓰는 사람들을 볼 때면 부러워서 말문이 막히고 말아. 그 멋진 글에 마음속에서 시도 때도 없이 질투심이 일지. 그래도 지금까지 내 질투는 헤라 여신에 비하면 애교 정도로 봐줄 수 있어서 다행이다 싶어. 질투가 무엇인지 제대로 보여 주는 신화 속의 인물이 바로 그리스 신화의 '헤라'잖아. 헤라는 질투를 느끼게 한 상대가 누구건 가혹한 복수를 서슴지 않았어. 지독한 바람둥이 남편 제우스와 살아야 했으니 어쩔 수 없었다고 하기엔 잔인한 짓을 많이 저질렀지. 어쨌든 헤라를 보면서 신들조차 어쩔 도리가 없는 게 질투인가 하는 생각을 해 봤어. 우리가 잘 아는 동화에도 질투하는 인물이 꽤 많이 등장해.

그뿐이 아냐. 아프리카 케냐의 민담에는 동물들의 질투에 관한 아주 재미난 이야기가 있어. 그 민담에 따르면, 아주 오래

전에 흑멧돼지는 긴 상아 엄니를 갖고 있었고 코끼리는 작고 휘어진 엄니를 갖고 태어났대. 지금 우리가 보는 코끼리의 엄니와는 달랐던 거지. 그래서 흑멧돼지의 엄니를 몹시 부러워한 코끼리는 결국 흑멧돼지를 속여서 자신의 엄니와 바꾸었대. 그렇게 해서 코끼리는 자기가 원하던 멋진 상아를 갖게 되었지만, 상아를 탐내는 사냥꾼 때문에 늘 불안과 두려움 속에 살게 된 거래. 자기 상아를 빼앗겨서 못생겨진 흑멧돼지는 오히려 마음 편하게 살고 말이야. 아프리카의 옛사람들도 질투는 마음을 해치는 일이라는 걸 이야기로 만들어 가르쳤던 거야.

비교할 대상이 없다면 질투도 생기지 않겠지만 혼자 사는 세상이 아니니 질투를 느끼지 않기는 힘들어. 그렇지만 질투라는 마음이 일어나는 것을 스스로 지켜보고 그것을 알아차린다면 코끼리처럼 평생토록 불안하게 살아야 할 일은 하지 않을 것 같아. 아니면 자신의 질투를 아예 드러내 놓고 그림으로 표현해서 질투 뒤에 숨은 욕망까지 스스로 바라보면 마음을 좀 달랠 수 있지 않을까. 이 그림을 그린 화가처럼.

질투하는 사람의 표정

에드바르트 뭉크(1863~1944)라는 이름을 들으면 제일 먼저 떠오르는 그림이 있지? 붉은 구름 아래 두 손으로 유령 같은 얼굴을 감싸고 비명을 지르고 있는 그림. 바로 〈절규〉야. 〈절규〉는 뭉크 자신도 특별히 애정을 쏟은 작품이었기 때문에 변형해서 그린 작품만도 50여 점이 넘을 정도야. 오늘날까지

에드바르트 뭉크, 〈질투〉
1895년, 캔버스에 유채, 67×100cm, 노르웨이 오슬로 뭉크 미술관

불안과 공포의 상징으로 수없이 복제되고 패러디되는 작품이라서 우리에게 아주 친숙한 그림 중 하나이지. 〈절규〉에서 보듯이 뭉크는 자연의 모습을 있는 그대로 그리기보다 마음속 깊이 가라앉은 불안과 공포 같은 감정을 표현하는 데 더 관심이 많았어. 이런 경향은 그의 어린 시절 경험과 무관하지 않아. 뭉크에게는 많은 아픔이 있었거든.

지금은 노르웨이 지폐에 나올 만큼 유명한 화가이지만 뭉크는 어려서부터 여러 가지 불운을 겪었어. 태어날 때부터 병약한 데다 큰 병을 앓았고, 다섯 살에는 어머니가 결핵으로 세상을 떠났어. 10년쯤 뒤에는 그를 보살펴 주던 누나마저 어머니와 같은 병으로 목숨을 잃었지. 그러고도 남동생의 죽음까지 봐야 했던 뭉크는 질병과 죽음에 대한 깊은 불안감을 안고 일생을 보냈어. 가족의 연이은 죽음을 겪으면서 생긴 아픔은 좀처럼 지워지지 않았어. 그래서 그가 그린 그림 곳곳에 슬프고 두려운 감정이 담기게 된 거지. "질병과 정신 착란, 죽음의 검은 천사들은 내가 태어날 때부터 요람 위에서 나를 굽어보았다."라는 뭉크의 말에서 그가 얼마나 어두운 나날을 보냈는지 짐작이 가.

뭉크는 누구보다 고독한 생을 살았기 때문에 자신의 내면을 더 깊이 응시한 것 같아. 그것은 인간 본연의 모습을 찾아내는 길이 되어 주었을 거야. 그리하여 그는 사랑과 불안, 고독처럼 누구나 느끼는 보편적인 감정을 상징적이고 독창적으로 표현해 낼 수 있게 된 게 아닐까. 특히 '질투'라는 주제의 연작을 보면 내가 경험한 질투의 감정과 다르지 않다는 생각이 들어서 난 〈절규〉보다 〈질투〉에 더 공감이 돼.

〈질투〉라는 제목을 단 이 그림에서 캔버스 앞쪽에 크게 자리를 차지하고 있는 남자는 창백한 얼굴로 우리를 향하고 있어. 그런데 남자의 등 뒤로는 두 남녀가 서로 다정하게 만나고 있어. 여자는 붉은 드레스를 풀어 헤친 나체 상태고. 이 두 사람은 서로 사랑하는 사이 같은데, 그럼 이 상황은 어떤 것일까?

저 남자는 다른 남자의 연인을 짝사랑하는 걸까? 아무래도 그림 속의 인물들은 삼각관계 같아. 풀숲에 혼자 숨어 있는 남자가 두 사람을 질투하며 상상하는 장면인 거지. 이 남자는 바로 뭉크 자신인데, 잔뜩 화가 난 표정이야. 여인의 나체를 다른 남자가 보고 있다는 생각에 온 신경이 곤두서 있지. 그래서 눈썹은 치켜 올라가 있고 눈동자는 희번덕거려. 그림만 봐도 남자의 질투심이 얼마나 큰지 알 것 같아. 하늘이 무너지고 피가 거꾸로 솟는 것 같고, 아무튼 연인을 빼앗아 간 상대가 엄청나게 미운 거지. 마음에 분명 지옥이 생겼을 거야. 난 친구가 멋진 새 신발을 산 것만으로도 끝내 친구와 멀어질 만큼 질투를 냈는데, 사랑하는 사람이 다른 사람과 즐거워하고 있다면 심장이 활활 타들어 가는 듯한 느낌이 들지 않을까. 웅크린 몸과 앙다문 입이 그 고통을 간신히 참고 있는 듯 보여.

이처럼 생생하게 질투를 묘사한 데에는 뭉크에게 사연이 있어. 평생을 홀로 산 뭉크에게도 어느 날 사랑이 찾아온 거야. 그런데 뭉크가 좋아한 그 여인은 뭉크의 친구와 결혼하고 말았어. 그래서 뭉크는 상처 입은 자기 감정을 그림에 투영하여 친구와 애인을 불같이 질투하는 마음을 그렸어. 또 〈이별〉이라는 작품에서는 아무 표정 없이 떠나가는 여자와 그 옆에서 가슴을 움켜쥔 남자를 그려서 자기의 아픔을 보여 주고 있어.

이 그림 말고도 뭉크는 〈질투〉라는 제목의 그림을 여러 점 더 그렸는데, 질투의 불길이 쉽게 꺼지지 않아서 그런 건 아닐까 싶어. 질투와 이별을 겪는 그 자신은 무척 괴로웠겠지만, 뭉크가 그 순간들을 그림으로 남겨 놓은 덕분에 우린 아픈 마음을 공감하며 위로할 수 있는 것 같아.

사랑이 뭔지, 질투는 또 뭔지. 이 그림을 볼 때마다 질투했던 나를 다시 생각해 보게 돼. 내게도 누구를 질투하며 지새운 밤이 있고 그때 내 눈빛도 저랬겠구나 싶거든. 질투란 참 위험한 열정이면서 무엇으로도 쉽게 꺼지지 않는 불꽃 같아. 그 뜨겁고 아픈 불이 가슴에서 활활 타고 있으니 긴긴 밤을 잠 못 이루는 게 당연한 거겠지. 만약 지금 뭉크처럼 질투의 감정에 휩싸여 몹시 괴로워하고 있다면 오늘 밤을 또 뜬눈으로 지새울지도 모르겠네. 뭉크처럼 멋지게 그림 그릴 재주는 없으니, 여기 잠을 놓친 시인이랑 이야기하며 마음을 나눠 보는 건 어떨까.

불면

남진우

밤마다 내 몸은 새까맣게 타들어간다
숯덩어리가 된 채 누워 꿈꾸는 나

검은 뼈무더기 사이 덜그럭거리는 바람은
심장이 있던 자리에서 사리 몇 개를 집어들고

입 근처에 달라붙은 말들이
그을음을 내며 오래오래 탄다

한 움큼 연기로 화해 허공을 움켜잡는 머리칼들
재가 되어 이리저리 날리는 살의 갈피들

오직 눈동자만 푸른 인광(燐光)을 내뿜으며
숯덩이 속에서 밤을 지킨다

뜬눈으로 보내는 밤

　난 이 시를 읽자마자 〈질투〉 속의 남자가 이 시를 쓴 게 아
닐까 하는 생각이 들었어. 그 남자가 동그랗게 치켜뜬 눈으로
밤을 지새우다가, 괴로운 심정으로 한 줄 한 줄 시를 적어 내려
가면 꼭 이런 시가 나올 것 같거든. 그림 속 남자의 심리와 시
의 풍경이 어쩜 이렇게 딱 맞아떨어지는 걸까 놀랐지. 물론「불
면」의 화자가 질투 때문에 잠 못 이루는 건지는 정확하게 알 수
없어. 다른 이유 때문일 수도 있고. 하지만 뭉크의 그림 〈질투〉
를 보고 나서 이 시를 읽으면, 그림 속 주인공의 심정과 이 시의
화자의 마음이 닮았다는 생각이 들어.
　누군가를 좋아하고 사랑하게 되면 이런 불면의 밤을 몇 번

쯤은 겪게 되잖아. 특히 사랑이 어긋나서 질투가 끓어오를 땐 한숨도 잘 수 없어. 심장이 커다란 손아귀에 꽉 움켜잡힌 것처럼 아프고 힘들어서 정말 뜬눈으로 밤을 보내기도 하니까. 내 안에서 일어난 폭발에 내가 제일 먼저 아프게 돼. 또 두 사람이 만나는 건 아닐까, 나는 끝내 사랑을 이루지 못하는 건 아닐까, 왜 내가 아니고 그 사람일까, 눈을 감아도 눈을 떠도 온통 그 생각밖에 들지 않고. 당장이라도 달려가 확인하고 싶은 어지러운 마음에 긴긴 밤을 뒤척여. 그렇게 하루, 이틀, …… 닷새가 넘도록 불면의 밤을 보내다 보면, 〈질투〉의 바로 그 남자와 모습이 비슷해질지도 몰라. 볼이 홀쭉하게 파이도록 질투에 몸이 시든 모습 말이야.

그런데 이상한 일이지. 이 시를 보면, 몸은 말라 가는데도 "오직 눈동자"는 "푸른 인광을 내뿜"고 있대. '인광'이란 물체에 빛을 비추다가 빛을 제거해도 장시간 빛을 내는 현상을 말해. 야광 시계의 바늘을 생각해 봐. 낮에 받은 빛으로 어둠 속에서도 분명히 빛나잖아.

사랑도 비슷한 거 같아. 사랑이라는 빛을 쬔 마음은 사랑이 사라져도 한동안 그 빛을 간직하게 되거든. 그러다 질투할 만한 상황이라도 생기는 날이면 그땐 눈에서 푸른 불꽃이 일고 말아. 질투를 하면 모든 상황이 끝난 뒤에도 마음속에서는 여전히 분노의 불꽃이 타오르게 마련이야. 그래서 화자는 자극이 멈춰도 계속 빛을 번뜩이는 인광을 떠올렸나 봐. 다 타 버리고 "숯덩어리가 된" 듯 지친 몸인데도 질투의 불꽃은 오래오래 타고 있으니까.

한 발짝 떨어져서 보니 정말 안타까운 일이야. 물건이라면 시간이 걸려도 저축해서 사면 되지만, 사람의 마음은 그런 식으로 해결되는 게 아니잖아. 만약 정말로 「불면」의 화자가 질투를 하고 있는 거라면, 그의 불면은 앞으로도 쉬이 끝나지 않을 것 같아. 흰 뼈가 불에 그슬려 검은 뼈가 되고, 붉은 살은 재가 되어 날리는데 손톱만큼도 가벼워지지 않는 마음이라니.

질투 때문에 결국 신경 쇠약과 정신 착란까지 겪어야 했던 뭉크가 이 시의 화자를 만난다면 뭐라고 할까. 그래도 부디 잘 견디어 보라고 다독여 주지 않을까. 뜨거웠던 아픔도 유적처럼 낡아 가며 허물어진다는, 그런 말을 들려주면 좋겠다 싶어. 나보다 훨씬 힘들게 질투를 경험했던 뭉크가.

우리는 욕심을 부리거나 질투를 하지 않고 살 순 없어. 평생 누군가를 질투하고 누군가의 질투를 받으며 살게 돼. 그런데 욕심보다 질투가 더 힘든 건, 질투는 남이 가진 것을 시기하기 때문일 거야. 내가 조금 더 갖고 싶은 마음에서 비롯되는 것이 욕심이라면, 질투는 다른 사람이 낫게 가진 것 때문에 내가 상처 받는 것이잖아. 사람 사이의 관계 속에서 질투가 생겨나기 때문에 욕심보다 더 힘들고 깊게 마음을 다치는 거지.

오죽하면 질투하는 사람은 네 번 괴로워한다고 한 사람까지 있을까. 『사랑의 단상』을 쓴 롤랑 바르트의 말이야. 그에 따르면 제일 먼저 질투하기 때문에 괴로워하고, 질투한다는 사실에 대해 자신을 비난하기 때문에 괴로워하고, 내 질투가 그 사람을 아프게 할까 봐 괴로워하고, 통속적인 노예가 된 자신을 마지막으로 괴로워한다고 했어. 정말 정확하게 질투의 마음을 꿰뚫어 본 것 같아. 잘못하면 질투 탓에 제 빛을 모두 잃어버리고 인생까지 망치는 사고를 치기도 하잖아.

그에 반해 어떤 사람은 질투를 통해 스스로를 발전시키기도 해. 시인 기형도처럼 "질투는 나의 힘"이라고 말하는 순간, 인광의 그 푸른빛은 나를 나아가게 하는 힘이 될 거라고 생각해. 문득 뭉크를 버리고 간 그 여인이 세계적인 화가가 된 뭉크를 보며 후회했으면 좋겠다는 우스운 생각이 드네. 아무튼 질투가 내 가슴에서 눈빛을 번뜩일 때마다 나도 마법의 주문을 되뇌야겠어. 질투는 나의 힘이라고. 질투 때문에 숯덩이가 되진 말자고.

그림을 볼 때마다 난 마음의 무릎을 꿇었어.
과거의 시간을 직접 말할 용기가 없어서
아버지에게 진심을 보인 적은 없지만,
그럼에도 마음속에 품었던 미움을 거둬 낼 수 있었던 건
깊은 이해와 용서를 믿었기 때문인 것 같아.

내가 미워했던 사람

렘브란트 판 레인 〈돌아온 탕자〉
정호승 「용서의 의자」

10대를 지나는 동안, 한때 아버지를 미워한 적이 있었어. 난 아기 때 아버지 등에 업혀 본 적이 없다는데, 자라면서도 아버지와 진지한 대화를 나눠 본 적이 거의 없었어. 그러니 부녀 간의 애틋한 추억 같은 것도 당연히 없었지. 그 시절, 아버지는 멀리 타지로 나가 일하며 대가족의 가장으로 사느라 너무 고단하고 바빴어. 내가 어떤 책을 좋아하는지, 나와 가장 친한 친구의 이름이 무언지 몰랐어.

그래서였을까. 한창 사춘기를 지나던 무렵 나는 아버지의 마음 같은 건 헤아려 볼 생각도 않고 아버지를 미워하기로만 작정했던 것 같아. 어쩌다 작은 관심을 받으면 오히려 짜증을 부렸고, 성적표를 놓고 꾸중을 들을 땐 머릿속으로 온갖 딴생각을 하곤 했어. 게다가 친구들이 자기 아버지에게서 예쁜 학용품이나 명작 소설을 선물 받았다고 자랑할 때면 내 마음속에서는 미움의 불길이 조금씩 커지곤 했지. 마음속에 미움으로 타오르는 불꽃이 있으니 나도 편안할 수가 없었어. 그런데 사실 그땐 그 불을 어떻게 꺼야 하는지 나는 알지 못했어.

미움은 가벼운 바람에도 쉽게 거세지는 불꽃과 꼭 같았어. 타닥거리며 잦아들던 불씨에 후, 하고 내쉬는 깊은 한숨만 닿아도 불길이 되살아나듯 미움도 그랬어. 좋은 음악도 친구의 위로도 별 도움이 되지 않았지. 마음속에서 타오르는 미움의 불길은 바깥에선 좀체 끌 수 없는 거였나 봐. 지금 생각해 보면 아버지를 향한 미움의 감정에 딱히 정확한 이유가 있었던 것도 아닌데, 그땐 아버지에 대한 두려움과 미움이 늘 같이 있었지. 하루하루 마음을 찌르고 고통스럽게 만드는 미움을 차라리 말로 속 시원히 뱉어 냈더라면 덜 뜨거웠을까. 이상하게도 미움은 사랑이나 행복 같은 좋은 감정보다 훨씬 오래 우리를 붙잡고 흔드는 것 같아. 그렇게 나는 미움의 불씨를 다 끄지 못한 채 10대를 보내고, 20대를 맞고, 그러다 나이가 들고 말았어.

그 뒤 아주 한참의 시간이 지나고 우연히 그림 하나를 보고서, 난 마음속에 묻혀 있던 미움이라는 불씨를 다시 떠올리게 되었어. 그 그림에는 아버지 앞에 무릎을 꿇은 아들과 그를 감싸 안은 아버지가 있었어. 그 그림을 보자마자 가슴 한편이 싸하게 아파 왔어. 그림 속의 아들이 나인 듯, 그동안 미워했던 아버지에게 잘못을 비는 기분이 들었거든. 아버지가 그림처럼 "그래, 그랬었구나."라고 내 등을 다독여 주는 것만 같았지. 너무 늦었지만, 아니 더 늦기 전에 다행히 난 사춘기 시절 나를 힘들게 했던 감정을 스스로 거두어 낼 수 있었던 거야. 참으로 고맙게도 내가 미움을 버릴 수 있게 해 준 게 바로 이 그림이야.

렘브란트 판 레인, 〈돌아온 탕자〉

1668~1669년경, 캔버스에 유채, 262×206cm,
러시아 상트페테르부르크 에르미타주 국립 미술관

이 그림은 성서에 전해 오는 이야기를 바탕으로 한 거여서, 그림을 자세히 살펴보기 전에 먼저 이야기를 들어 보면 좋을 것 같아. 옛날에 두 아들을 둔 아버지가 있었어. 어느 날, 작은 아들이 아버지에게 이렇게 말했어. "아버지의 재산 중에서 제 몫을 미리 주십시오." 그래서 아버지는 재산을 두 아들에게 나눠 주었는데, 며칠 뒤 작은아들은 자기가 받은 재산을 다 챙겨서 먼 지방으로 떠나 버렸대. 아무 간섭도 받지 않고 제 마음대로 살게 된 작은아들은 재산을 금세 탕진하고 말았지. 게다가 그해에는 큰 흉년이 들어서 아주 궁핍한 신세가 됐어. 돼지 지키는 일을 하며 근근이 먹고살아야 할 만큼 아주 비참하게 말이야. 그러니 따뜻한 집과 고향 생각이 간절해졌겠지?

작은아들은 고생 끝에 모든 것을 다 잃고 헐벗은 채로 고향에 돌아왔어. 그런 아들을 아버지는 비난하기는커녕 따뜻한 가슴으로 환대해 주었대. 그림 뒤쪽에서 못마땅한 표정을 하고 있는 사람은 형인데, 형은 아버지에게 동생을 용서하지 말라고 부탁했다가 정반대의 상황이 벌어져서 저런 표정으로 서 있는 건가 봐. '돌아온 탕자'라고 알려진 아주 유명한 이야기인데, 네덜란드의 화가 렘브란트 판 레인(1606~1669)이 이를 그림으로 그린 거야. 몇백 년 뒤, 머나먼 이국의 나에게까지 위로가 될 만큼 멋지게 말이야.

'돌아온 탕자' 이야기는 시공을 초월해서 여러 작가들과 다양한 예술 장르의 소재가 되었어. 렘브란트 말고도 이를 그림으로 그린 화가가 여럿이고, 프랑스의 소설가 앙드레 지드는

『탕자, 돌아오다』라는 작품을 쓰기도 했지. 그런가 하면 러시아 출신의 미국 작곡가 스트라빈스키는 〈탕자의 역정〉이라는 오페라를 작곡했어. 사람이라면 아무런 잘못도 하지 않고 살 수가 없는 법이잖아. 그런데 '돌아온 탕자' 이야기는 그런 잘못을 너그럽게 받아들이는 '용서'라는 주제를 담고 있어서, 예술 작품의 소재로 더없이 매력적이었던 거지. 이 이야기를 기억하며 그림을 다시 볼까 봐.

지금 막 집으로 돌아온 작은아들이 아버지 품에 안겼어. 여태까지 잘못한 게 있으니 비난과 벌을 각오하고 왔을 텐데, 아버지는 맨 먼저 달려 나와 그를 반겨 안아 주고 있어. 작은아들의 처지가 어땠는지는 그의 행색을 보면 금방 알 수 있지. 찢어지고 해진 옷, 뒷굽이 다 닳아 없어진 신발, 그리고 그마저도 벗겨진 왼쪽 발은 때에 절고 거칠어 보여. 돼지 밥을 나누어 먹을 정도로 힘들었다는 게 한눈에 다 드러나잖아. 그런 모습으로 아들은 아버지 앞에 무릎을 꿇었어. 어깨를 다정하게 감싼 아버지의 두 손 안에서 아들은 뉘우치고 있을 거야. 죄송하다고 입 밖으로 말하지 않아도 늙어 구부정해진 아버지 귀에는 들리겠지. 무한히 너그러워 보이는 표정으로 두 눈을 감은 채 아들에게 용서의 마음을 전하고 있어.

"잘 돌아왔구나, 아들아." 이 말은 너를 용서하마, 라고 하는 것보다 백배는 더 가슴 따뜻한 말이야. 이건 아버지가 진정으로 깊이 아들을 이해했기 때문에 다시 돌아와 준 것을 감사한다는 뜻이니까. 이 말이 귓가를 울리던 순간, 아들의 마음은 얼마나 편안했을까. 내 아버지도 분명 똑같은 말로 내 어깨를 다독여 주겠구나, 이런 상상이 나로 하여금 사춘기 시절 품었던 미움에 대해 용서를 구하고 싶다는 마음이 들게 한 거야.

자신의 마지막 작품인 이 그림에서 렘브란트는 스스로의 파란만장했던 삶을 되돌아보며 자신과 화해하는 마음을 담아냈다고 해. 빛과 어둠의 마술사로 불리는 렘브란트는 네덜란드 예술의 황금시대를 연 화가, 17세기의 가장 위대한 화가로 꼽혀. 초상화나 자화상처럼 인물의 개성과 내면을 담아내는 그림에 뛰어난 재능을 보였어. 그가 젊은 날에 그린 자화상 가운데 한 점은 괴테에게 영감을 주어 『젊은 베르테르의 슬픔』이 탄생하는 계기가 되기도 했대.

렘브란트는 초상화가로 이름을 떨치던 젊은 시절에 많은 제자들을 두고 공방을 운영하는 성공을 거두었어. 그러나 재산·명예·권력이 사라지고 가족이 모두 죽은 뒤, 혼자 남겨진 채 쓸쓸한 노년을 맞아야 했지. 그러니 자신의 삶을 누구보다 많이 되짚어 보며 생각했을 것 같아. 그가 말년에 이르러 자화상을 더욱 많이 그린 이유도 그 때문일 거야. 마침내 늙은 화가는 죽음의 문 앞에서 '용서'를 깊이 생각하며 〈돌아온 탕자〉를 그리게 된 거지.

이 그림을 볼 때마다 난 마음의 무릎을 꿇었어. 과거의 시간을 직접 말할 용기가 없어서 아버지에게 진심을 보인 적은 없지만, 그럼에도 마음속에 품었던 미움을 거둬 낼 수 있었던 건 깊은 이해와 용서를 믿었기 때문인 것 같아. 누군가에게 솔직하게 잘못을 고하고 용서를 구하는 건 실은 엄청난 용기가 필요한 일이잖아. 거절당할까 봐 걱정하며 사랑을 고백할 때보다 더 큰 마음의 힘이 있어야 가능해. 왜냐하면 아픈 비난과 꾸지람을 견뎌야 하니까.

그런데 만약 나 같은 사람을 위해 앉기만 하면 누구나 용서를 하고 용서를 받을 수 있는 특별한 의자가 있다면 어떨까. 빨리 달려가서 얼른 앉고 싶어질 거야. 그동안 숨겨 왔던 잘못들을 모두 내려놓고 홀가분해지고 싶으니까. 그런 신기한 의자를 생각해 낸 시인이 있다니 한번 찾아가 보기로 해.

용서의 의자

정호승

나의 지구에는
용서의 의자가 하나 놓여 있다
의자에 앉기만 하면 누구나
용서할 수 있고 용서받을 수 있는
절대고독의 의자 하나
쌩떽쥐뻬리의 어린 왕자가 해질녘
어느 작은 별에 앉아 있던 의자도 아니고
법정 스님이 오대산 오두막에 홀로 살면서
손수 만드신 못생긴 나무의자도 아닌
못이 툭 튀어나와 살짝 엉덩이를 들고 앉아야 하는
앉을 때마다 삐걱삐걱 눈물의 소리가 나는
작은 의자 하나

누군가가 만들어놓고

다른 별로 떠났다

나를 위한 용서의 의자

용서는 아름다운 일이긴 하지만, 아주 큰 힘이 드는 일이기도 해. 어느 신부님의 말씀으로는 "용서란 바로 옆구리에 박힌 창을 뽑는 일"이라고 했어. 살갗에 박힌 창을 뽑아내는 만큼이라니. 생각만 해도 어마어마한 고통이 느껴져. 그만큼 누군가의 잘못을 용서하는 일은 힘들기도 하거니와 또 아무나 선뜻 못 하는 일일 거야. 그러니 시인이 말하는 것과 같은 '용서의 의자'가 있다면 얼마나 좋을까.

물론 그 의자는 '용서의 의자'인 만큼 푹신한 소파처럼 편안하지는 않겠지. 시인에 따르면 그건 못이 툭 튀어나와 있어서 다리에 바짝 힘을 주고 엉덩이를 든 채로 앉아야 하는 의자래. 아마 내가 저지른 잘못이나 죄만큼 못이 많이 튀어나와 있을지도 몰라. 내가 얼마나 잘못했는지 눈으로 볼 수 있도록 말이야. 그래서 자칫 딴생각을 하거나 다리에서 힘이 풀리면 뾰족한 못에 엉덩이가 찔리고 말겠지. 용서를 구하는 건 그런 불편한 의자에 스스로를 앉혀서 아픔을 깊이 느껴야 하는 일이라는 뜻 같기도 해.

게다가 그 조그만 의자는 앉을 때마다 "삐걱삐걱 눈물의 소리"를 낸다고 하네. 왜 안 그렇겠니. 진심 어린 눈물 없이 용서를 구하긴 힘들 테니까. 렘브란트의 〈돌아온 탕자〉에 등장하는 아들의 얼굴을 상상해 봐. 우리에겐 등을 보이고 있지만, 아버지의 가슴에 파묻힌 얼굴은 눈물범벅일 것 같잖아. 두 눈을 꼭 감고 있는 아버지는 깊은 속울음을 또 얼마나 애써 참고 있을까. 그러니 모든 잘못을 인정하고 무릎을 꿇는 것은 못이 박힌 의자에 스스로 앉는 일과 마찬가지라는 생각이 들어.

시에서 무엇보다 나를 사로잡은 말이 있다면, 그 용서의 의자가 "나의 지구"에는 딱 "하나"뿐이라는 거야. 이 말은 다시 나를 그림 속으로 이끌었는데, 〈돌아온 탕자〉에서 아버지 말고는 아무도 아들을 반기는 표정이 아니기 때문이었어. 앉기만 하면 "용서할 수 있고 용서 받을 수 있는" 사람은 아버지뿐이라는 거지. 나의 어떤 큰 잘못도 용서받을 수 있는 단 하나의 의자를 바로 아버지라고 읽은 이유는 그래서야.

만약 지금 이 순간 미움이라는 감정 때문에 힘들다면, 〈돌아온 탕자〉의 아버지처럼 쉽게 용서할 힘이 없다면, 모르는 척, 용서의 의자를 놓아두고 그 자리를 벗어나 보는 것도 좋을 듯해. 뉘엿뉘엿 해가 질 무렵, 내가 미워했던 그 사람이 인기척을 살피며 용서의 의자 위에 살며시 앉을지도 모르잖아.

나는 용서해 줄 일보다 용서를 받아야 할 일이 더러 있으므로, 나를 위해 의자를 내놓은 사람들을 찾아다닐까 봐. 제일 먼저 아버지가 만들어 놓은 그 의자를 서둘러 찾아가야겠어. 아버지가 "다른 별로 떠나"기 전에, 돌아온 탕자처럼 말이야. 아버지의 갈비뼈 사이, 그 가슴속에 용서의 의자가 있다는 것을, 아니 실은 아버지라는 존재 자체가 바로 용서의 의자였다는 것을 알아 버렸으니까. 더 늦기 전에. 아주 이별하기 전에.

다 울고 난 뒤
포근한 피로에 안겼을 때의 기분은
또 얼마나 따스한지.
그러니 상처를 아물게 해 줄 곳이 하나도 없을 때는
눈물에게 나를 맡겨 보는 거야.

눈물의 맛, 눈물의 농도

디르크 바우츠 〈울고 있는 마돈나〉
성미정 「눈물은 뼛속에 있다는 생각」

넌 눈물이 많은 편이니? 영화를 보거나 친구의 이야기를 듣다가, 혼자 일기를 쓰다가 울기도 해? 울다가 지쳐 잠든 적도 있었니? 그러면 가장 슬프게 울어 본 적은 언제였어? 그렇게 울 때, 눈물이 볼을 타고 흘러내릴 때, 그 눈물의 맛을 느껴 본 적은? 지금까지 한 번도 울어 보지 않은 사람은 없겠지만, 눈물에 대해서 이런저런 질문을 던지고 곰곰이 생각해 본 일은 별로 없었을 것 같아. 하품을 크게 하거나 매운 양파 껍질을 깔 때 나오는 눈물 말고, 슬퍼서, 기뻐서, 화가 나서 마음으로부터 울컥하는 눈물은 영장류 중에서도 인간만이 흘린다고 해.

감정의 상태에 따라 흘러나오는 정서적 눈물이 인간만의 특권이라면, 점점 눈물이 마르는 내 가슴은 어찌 된 걸까 갑자기 걱정스러워져. 어릴 땐 울보라고 불릴 만큼 잘 울었는데. 크지도 않은 나의 눈 속 어디에 이렇게 많은 눈물이 담겨 있는지 정말 궁금할 정도였는데. 지금까지 흘렸던 그 수많은 눈물의 기억 중에서 아직도 가슴 아리게 하는 기억이 있어. 어떤 눈물은 기억과 함께 잘 잊히지 않고, 문득 그 시간을 떠올리면 그때 흘렸던 눈물까지 다시 맺히곤 하는 것 같아. 내게도 그런 눈물이 있어.

어린 시절, 시골집 마당에서 키우던 덩치 큰 개가 자동차에 치여 죽는 것을 보았어. 개를 데리고 동생들과 함께 골목길에서 공놀이를 하다가 벌어진 사고였지. 큰길로 굴러간 공을 잡으러 쫓아갔는데, 그 뒤를 따라 달려오던 우리 집 개가 차에 부딪혀 버린 거야. 쾅 소리와 함께 쓰러진 개를 어른들이 나와서 치우던 장면이 아직도 생생해. 수십 년이 지난 지금도 그때 생각을 하면 눈물이 나려고 해서 눈에 잔뜩 힘을 주어야 해. 그 후로 난 생명이 있는 것은 무엇이든 키우는 게 두려워졌어. 어쩔수 없이 맞아야 하는 이별이 싫었고, 아픈 눈물이 싫었거든.

그래, 그런 눈물은 참 아픈 것 같아. 동생이랑 싸웠다고 엄마에게 혼나서 울 때와는 달랐어. 친구가 내 맘을 몰라줘서 서러울 때 찔끔 나는 눈물과도 달랐어. 며칠이 지나도 마르지 않고, 개가 있던 그 자리만 보면 그렁그렁 맺히는 눈물방울은 크고 뜨거웠어. 나는 그 일로 눈물은 매번 농도도 다르고 맛도 다르다는 것을 알게 됐어. 진주처럼 곱게 맺히는 성스러운 눈물도 있고, 소금물처럼 짜디짠 눈물도 있고, 마음의 열기를 담은 뜨거운 눈물도 있다는 것을 말이야.

그래도 슬픈 일이 있을 때 한바탕 크게 울고 나면 기분이 좀 나아지긴 해. 누군가의 위로가 없어도 눈물이 나를 맑게 씻어주는 기분이 들거든. 과학자들은 눈물을 통해 몸속의 스트레스

호르몬이 배출되기 때문이라고 하고, 아리스토텔레스는 이런 상태를 '카타르시스'라고 이름 붙이기도 했어. 어찌 됐건 눈물을 참으면 가슴은 더 아파진다는 게 내 믿음이야. 그래서 난 누구에게든 울지 말라는 말을 잘 하지 않아. 특히 그림 속의 이 여인에겐 섣불리 위로조차 건네지 못하겠어.

영혼에 고인 눈물

살면서 맞닥뜨리는 많은 일 가운데 가장 가슴 아프고 슬픈 일을 꼽으라면 가까운 사람의 죽음이 아닐까. 특히 자식 잃은 부모의 슬픔은 그 무엇과도 비교할 수 없는 아픔을 안겨 줘. 어떤 큰 손길이 어루만져도 소용없을 만큼 깊은 슬픔이 내려앉았거든. 시간을 조금만 거슬러 2014년의 봄을 기억해 봐. 세월호 참사로 수백 명의 사람들이 가족을 잃고 눈물로 지내고 있잖아. 특히 어린 자식을 잃은 그 부모들의 눈물은 결코 마를 수 없을 거야. 이 그림 속의 성모 마리아도 바로 그런 슬픔에 젖어 있어. 알다시피 성모 마리아의 아들은 예수이고, 예수는 십자가에 못 박혀 죽음을 맞았잖아. 그러니 아들을 잃은 마리아의 눈물은 영혼 저 깊은 곳에서 흘러나오는 슬픔인 거지.

이 그림의 제목에 쓰인 '마돈나'는 이탈리아에서 성모 마리아를 부르는 말이야. 배경도 없고 다른 등장인물도 없어. 두 손을 가지런히 모은 채 울고 있는 성모 마리아만 덩그러니 그려져 있을 뿐이야. 눈가와 뺨에 맺힌 동그란 눈물방울이 어찌나 큰지 작은 눈물방울 여러 개가 합쳐진 것만 같아. 저 자세로 얼

디르크 바우츠, 〈울고 있는 마돈나〉
1470~1475년, 오크 패널에 유채, 36.8×27.9cm,
영국 런던 내셔널 갤러리

마나 오래 울었던 걸까? 자세히 보면 눈꺼풀은 부어올랐고 두 눈은 빨갛게 충혈되어 있어. 눈 속의 흰자위가 선홍색으로 물든 걸 보면 그녀의 울음은 무척 길었을 듯싶어. 왜 안 그렇겠어. 우리 집 개가 죽었을 때도 눈물이 마르기까지 그렇게 긴 시간이 필요했는데, 사랑하는 아들의 죽음이라면 눈물이 영원히 멈추지 않을 만큼 슬프겠지.

이 그림을 볼 때마다 나를 더욱 아프게 하는 건 주르르 흘러내리지 않고 뺨에 방울져 맺혀 있는 눈물이야. 눈물을 줄줄 흘리며 오열하거나 통곡하는 모습이었다면 그저 구경꾼의 심정이 되어 바라보는 것으로 그쳤을 텐데. 이 그림처럼 얼이 빠진 표정과 초점 없는 눈동자, 그리고 안간힘을 다해 슬픔을 참고 있는 듯한 모습은 성모 마리아가 품은 슬픔의 깊이가 얼마나 되는지 조용히 생각해 보게 해. 눈물이란 마치 이 세상에 없었던 것처럼 곧 사라지고 마는데, 마리아의 저 눈물은 영혼을 통과해 나온 까닭에 저렇게 떨어지지 못하고 매달려 있나 싶기도 하고. 그러다 보면 아들의 죽음에 대한 성모의 애도와 눈물 안에 가득 찬 기도까지 느껴져.

이 그림을 그린 네덜란드 출신의 디르크 바우츠(1415~1475)라는 화가에 대해서는 알려진 바가 별로 없어. 그가 남긴 작품에는 종교화가 많은데, 특히 그리스도의 수난과 관련한 그림들은 보는 이의 마음을 늘 움직여. 우리도 이 슬픈 그림 한 장과 만난 인연으로 오늘 그의 메시지를 읽고 있잖아. 눈물이야말로 말보다 큰 호소력으로 우리에게 감정을 전달하는 언어라고 생각하면서. 또 울며 지새운 밤이 없었다면 내 마음이 얼마나 혼탁했을까 생각하면서. 그래서 "눈물은 뼛속에 있다"고 말하는 시인의 말에 망설임 없이 고개를 끄덕여 줄 수 있는 것 아닐까.

눈물은 뼛속에 있다는 생각

성미정

곰국을 끓이다 보면 더 이상 우려낼 게 없을 때
맑은 물이 우러나온다 그걸 보면
눈물은 뼛속에 있다는 생각이 든다

뽀얀 국물 다 우려내야 나오는
마시면 속이 개운해지는 저 눈물이
진짜 진주라는 생각이 든다
뼈에 숭숭 뚫린 구멍은
진주가 박혀 있던 자리라는 생각도

짠맛도 단맛도 나지 않고
시고 떫지도 않은 물 같은 저 눈물을 보면

눈물은 뼛속에 있다는 생각
나는 아직 멀었다는 생각
뭔가 시원하게 울어 내지 않았다는 생각
이 뽀얗게 우러나온다

울어야 하는 이유

철이 일찍 든 탓인지 마음 아픈 것을 감추는 버릇 때문인지, 나는 딸아이가 우는 모습을 잘 못 본 것 같아. 어릴 때는 동화책 주인공 때문에도 울던 녀석이 10대를 지나면서는 눈물의 방을 잠가 버린 듯해. 정말로 울고 싶은 일이 많을 시기일 텐데 말이야. 아마 딸아이는 슬픔이 클 때는 슬픔으로 흘려보내야 한다는 걸 아직 잘 몰라서 그런 것 같아. 울음과 슬픔을 감춰야 할 것으로 생각하고 있는지도 모르겠어.

그래서 얼마 전 〈인사이드 아웃〉이라는 애니메이션 영화를 같이 보았어. 영화 속의 '슬픔이' 핑계를 대며 이런 저런 얘기를 하고 싶어서. 이 영화는 열한 살 소녀 라일리의 내면에 존재하는 기쁨, 슬픔, 버럭, 까칠, 소심 다섯 감정을 의인화해서 우리 감정의 비밀을 보여 줘. 기발하고 아름답게 표현된 상상력도 놀랍지만 기쁨과 슬픔이 함께 문제를 해결하며 엮어 내는 이야기는 감정도 성장한다는 생각을 들게 했어. 누구나 원하는 행복한 삶이란 기쁨이 가득한 것이라고 믿기 쉽지만, 영화는 슬픔의 존재와 역할을 강조하고 따뜻하게 표현해 냈어.

주인공 라일리가 하키 경기 결승전에서 결정적인 슛을 놓치는 바람에 팀이 지고 말았을 때, 그래서 실의에 빠져 하키를 그만두려고 생각할 때, 그때의 라일리를 일으켜 세운 건 슬픔의 힘이었어. 다음엔 더 잘할 거야, 괜찮아, 라는 말이 아니라 라일리의 슬픔을 오롯이 슬픔인 채로 나누어 위로받는 것. 그래서 "라일리는 슬펐기 때문에 행복했어."라고 말하는 '슬픔이'의 말이 오래오래 떠나지 않나 봐. 이 말은 내가 딸에게 꼭

해 주고 싶었던 말이기도 해. 슬플 땐 제대로 충분히 슬퍼해야만 그 자리가 비워진다고 말이야.

난 슬프면 울어도 괜찮다고, 아니 울어야 한다고 말하고 싶어. 왜냐하면 시인의 표현처럼 "눈물은 뼛속에" 있어서, 시원하게 울어 내야 비로소 속이 개운해지거든. 시인은 곰국을 끓이다가 "눈물은 뼛속에 있다"는 생각을 했나 봐. 소뼈를 넣고 곰국을 끓이다 보면 처음엔 뽀얗고 진한 국물이 우러나다가 시간이 오래 지나면 말간 국물이 나오지. 국물 속의 뼈에는 커다란 구멍이 숭숭 뚫리고, 그때쯤이면 국물 맛이 옅어지면서 빛깔이 맑아지잖아. 시인은 이게 꼭 눈물을 흘리며 느끼는 감정의 변화와 비슷하다고 생각한 것 같아.

모진 말을 듣거나 슬픈 일이 있을 때 우리 가슴에는 상처가 생겨. 그리고 우리가 모른 척하는 사이, 그것은 가슴속에서 뼈처럼 딱딱하게 굳어지지. 눈물을 흘려서 그 딱딱한 상처를 씻어 내지 않으면 가슴을 짓누르는 돌덩이가 될지도 몰라. 내가 울어야 한다고 말하는 건 바로 이런 이유에서야. 상처의 진물이 다 빠지고 마음의 응어리가 녹게끔, 눈물로 씻어 내길 바라는 거지. 진하고 아픈 상처의 눈물이 아니라 맑은 눈물이 흘러나와 "더 이상 우려낼 게 없을 때"까지 시원하게 울고 나면, 그래, 이제 괜찮아, 라는 혼잣말이 나와. 비로소 눈물의 힘이 나타나는 거지. 다 울고 난 뒤 포근한 피로에 안겼을 때의 기분은 또 얼마나 따스한지. 그러니 상처를 아물게 해 줄 곳이 하나도 없을 때는 눈물에게 나를 맡겨 보는 거야.

살면서 눈물을 쏟느라 눈이 멀어 버릴 만큼 아픈 일이 없기를 바라지만, 그래도 울 일이 생겼을 때는 "뭔가 시원하게 울어 내지 않았다"는 시인처럼 미련을 남겨 둬선 안 될 것 같아. 뼛속에 고인 되직한 눈물이 짜지도 달지도 시고 떫지도 않을 만큼 맑아지면 슬픔의 농도도 엷어질 테니까. 눈시울을 적시고 코끝을 닦으며 울던 일이 오래전의 기억이 되어 버린 나에게 이 그림과 시는 샘물을 다시 채우는 기분을 안겨 줘. 울 일이 없어서 울지 않은 것이 아니라, 눈물이라는 긴 강의 물줄기를 내가 틀어막고 있었음도 알겠어. 어른이니까, 그리고 우는 모습을 보이기 싫어서 눈물을 꽉 막고 있었던 거지. 눈물이 삶을 해결하고 단련시키지는 못해도, 맑고 뜨거운 눈물에 아픔을 부드럽게 녹일 수는 있지 않을까. 눈물 없이는 감정의 깊이를 헤아릴 수 없는 거잖아.

┌ 가장 밑바닥 감정의 기록

마음의 예의를 갖추지 않고도
찾아갈 수 있는 곳이 하나쯤 있다면
곱씹히는 삶의 쓴맛도 잠시 잊을 수 있지 않을까.

한없이 혼자인 날

김정희 〈세한도〉
신현정 「적소」

자주 외로울 때가 있어. 가족들이 있고 친구들이 있지만 목마른 사람처럼 따뜻한 마음을 벌컥벌컥 들이켜고 싶을 때가 있어. 외로움은 욱신거리는 통증 없이도 몸을 쓰러뜨릴 만큼 지독한 힘을 가져서 그 힘에 절로 꺾이고 말겠다 싶을 때 떠오르는 곳이 있어. 작은 툇마루에 앉아 햇볕을 쬐고 나면 다시 기운이 생기는 그런 조용한 집이야. 혼자서 마당이며 사랑채를 거닐다 흙벽을 만져 보기도 하고, 집 안 곳곳에 걸려 있는 글들을 읽다 보면 나도 모르는 새 마음이 단단해지곤 해.

지금부터 2백여 년 전, 추사 김정희가 살았던 옛집이 바로 거기야. 희한하지? 고향 집도 아니고 할머니 집도 아닌 엉뚱한 곳에서 마음을 달래니 말이야. 충남 예산의 추사 고택으로 가는 길은 한적하고 고요해서 마치 옛 시간 속으로 거슬러 올라가는 기분이 들어. 내가 20대부터 찾기 시작했으니, 20여 년 동안 대여섯 번쯤 다녀왔을 거야. 아주 자주는 아니었고, 몇 년에

한 번씩 옛집의 마당을 서성거렸지. 갈 때마다 마음속 걱정과 고민이 달랐을 테니, 고택의 풍경을 바라보며 한 생각도 다 달랐을 거야. 그러나 그곳을 떠날 때의 마음은 늘 똑같았어.

내가 추사에게 마음을 빼앗긴 건 그 유명한 추사체 때문은 아니었어. 붓글씨의 아름다움을 알아볼 안목이 내겐 아직 없거든. 그런데도 추사의 옛집을 찾아간 건 〈세한도(歲寒圖)〉라는 그림 한 점을 본 뒤였어. 어떤 그림이나 음악 혹은 문장은 오랫동안 가슴에 박혀 빠져나오지 않는 일이 간혹 생기는데, 내겐 〈세한도〉가 그랬지.

젊고 뜨거웠던 내가 어떻게 그렇게 쓸쓸한 풍경을 담은 그림을 좋아하게 됐는지 정확히 설명할 수는 없지만, 나를 매혹한 그림을 보니 당시 내 마음의 상태를 짐작해 볼 수는 있어. 그때는 내 편이 하나도 없이 외롭다는 생각이 자주 들던 때였어. 그런 마음이 그림을 그린 추사의 심정과 비슷하다고 느꼈나 봐.

어쨌거나 나를 이끄는 그림의 힘은 아직도 유효해서, 앞으로도 고택으로 향하는 내 발걸음은 멈추지 않을 것 같아. 문설주와 기둥들의 세월을 쓰다듬어 보고 무엇보다 죽로지실(竹爐之室)이라는 방 한 칸의 주인이 되는 상상은 갑갑한 마음에 맑은 바람을 불어넣어 주니까. 그런 기운이 〈세한도〉에 그대로 담겨 있는 것 같아. 우리나라 문인화의 최고봉이라는 찬사와 평가가 아깝지 않다는 것을 볼수록 느끼게 되는 그림이야.

그림을 보고 '어, 이게 그렇게 유명한 그림이라고? 왜?' 이런 생각이 들었을지도 모르겠어. 국보이고 최고라고 해서 멋진 솜씨를 기대했는데, 마치 어린아이가 그린 듯한 집 한 채와 나무 네 그루가 전부니 말이야. 자세히 들여다보려 해도 볼 게 별로 없잖아. 사실 이 그림을 제대로 감상하려면, 그림 속에 숨은 이야기와 함께 그림의 여백까지 보는 마음이 필요해.

추사 김정희(1786~1856)는 조선 후기의 문신이자 서화가야. 우리에겐 '추사체'라는 독창적인 서체를 만든 사람으로 더 유명하지만, 문화·예술·사상계 전반에 걸쳐 새로운 지평을 열어 준 실학자이기도 했어. 그는 권세 높은 집안의 맏아들로 태어나 어려움 없는 삶을 보냈어. 어려서부터 글씨를 잘 써서, 여섯 살에 쓴 입춘첩에 박제가가 감탄했다는 일화도 전해지지. 아버지를 따라 중국에 가서 당대의 가장 유명한 학자들을 만나 교유했고, 과거에 급제한 뒤에는 출세 가도를 달렸어.

그러나 학문과 벼슬에서 승승장구하던 추사에게도 시련이 찾아왔어. 쉰다섯 살에 당쟁에 휩쓸리는 바람에 긴 유배 생활이 시작된 거야. 정치적인 사건에 연루돼 죽음의 문턱에서 겨우 살아난 그는 제주도에서 9년, 함경도 북청에서 1년 동안 귀양살이를 하지. 제주도 귀양살이는 그에게 많은 고통을 주었어. 한때 권력과 명성을 다 누리던 추사가 바다 건너 멀리 유배객의 신세가 되자 그를 찾는 사람들도 예전 같지 않았어. 유배 간 사람과 만나는 것은 위험한 일이고, 또 추사에게서 더는 이익을 얻어 낼 수 없으니 사람들이 다 떠나고 말았지.

김정희, 〈세한도〉

1844년, 국보 제180호, 종이에 수묵, 23×69.2cm, 개인 소장 그런데 그런 상황에서도 끝까지 추사와의 우정을 간직해 구하기 힘든 책을 찾아 그에게 보내 주고 그를 돌봐 준 이가 있었어. 바로 추사의 제자였던 역관 이상적이야. 그때만 해도 책을 구하는 일은 돈만으로 해결할 수 있는 문제가 아니었어. 많은 시간과 노력을 들여야 했는데 그렇게 어렵사리 구한 책을 스승에게 보내 준 거지. 권력자들에게 바쳤다면 출세길도 열리고 더 크게 성공할 수 있었을 텐데, 군이 유배 중인 사람에게 보낸 이상적의 의리와 인품에 나도 감동하게 돼.

모두가 등을 돌릴 때, 끝까지 굳건한 믿음을 보여 주는 사람이 있다면 얼마나 고맙겠어? 추사도 그랬던 거야. 그래서 붓을 들어 우정과 신의를 저버리지 않은 제자에게 자신의 고마워하는 마음을 글과 그림으로 전했지. 그 작품이 바로 〈세한도〉야. 유배된 지 5년째 되던 해에 그린 것인데, 그때까지 변함없는 제자에 대한 스승의 진심을 그림 왼쪽에 글로 적어 분명하게 전하고 있어.

"세상의 인심은 흐르는 물처럼 오로지 권세와 이익만을 찾는데 그대는 이처럼 마음과 힘을 써서 구한 책들을 권세 있는 자들에게 갖다주지 않고, 오히려 바다 건너 귀양살이하고 있는 초췌하고 초라한 나에게 보내 주었구려. (……) 공자께서 추운 계절이 된 뒤에야 소나무와 잣나무가 푸르게 남아 있음을 안다고 하셨네. 소나무와 잣나무는 사철을 통해 시들지 않는 법이라 추운 겨울이 되기 이전에도 푸르고 이후에도 푸르지만, 공자께서는 특히 날이 추워진 이후의 푸르름을 칭송하셨네."

『논어』의 한 구절 "세한연후 지송백지후조"(歲寒然後 知松柏之

後凋)를 빌려와 제자 이상적의 인품과 변치 않는 절개를 늘 푸른 소나무와 잣나무에 비유한 내용이야. 제자를 향한 스승의 진심과 단단한 선비의 마음이 고스란히 느껴지지. 얼마나 고마웠으면 이랬을까 싶어. 고맙다는 말 한마디보다 글과 그림으로 마음을 전하는 것도 멋진 일이고. 덕분에 이상적은 〈세한도〉와 함께 오래도록 기억되고 있잖아.

이런 사연을 떠올리며 겨울의 적막 속에 서 있는 나무들과 집 한 채를 다시 바라보면 보이지 않던 추사의 마음이 뭉클하게 다가와. 인기척조차 없는 집 한 채는 세상에서 잊혔거나 세상을 다 잊은 듯하고, 그 지붕에는 고요함마저 덮어 버리는 흰 눈이 곱게 쌓여 있어. 가지가 부러진 늙은 소나무 한 그루는 추사인 듯 겹쳐지기도 해.

그 외에는 텅 빈 공간이고 여백이야. 동양화의 아름다움은 여백에 있다는 말처럼, 이 그림 속의 여백도 단순히 빈 공간이 아닌 듯해. 텅 빈 공간은 홀로 떨어져 있는 추사의 외롭고 적막한 심정을 보여 주는 것 같아. 만약 나무 네 그루의 사이사이를 빽빽하게 채워 놓았다면, 곧게 뻗은 나무의 줄기와 꼿꼿한 잎들이 지금처럼 돋보이지 않았을 거야. 잠시 눈이 멈춘 허공의 침묵과 고요도 지금만큼 시적이지 않았을 거라 믿어. 추사가 붓질을 멈추고 열어 놓은 저 넓은 여백은 그림을 보는 사람들에게 각자의 마음을 적어 보라는 뜻 같기도 해. 그래서 아래의 시인은 그림 속으로 들어가 텅 빈 자리에 홀로 마음을 부어 놓고 나온 걸 거야.

적소(謫所)

신현정

나, 세한도(歲寒圖) 속으로 들어갔지 뭡니까

들어가서는 하늘 한복판에다 손 휘이휘이 저어

거기 점 찍혀 있는 갈필의 기러기들 날아가게 하고

그러고는 그러고는 눈 와서 지붕 낮은 거 더 낮아진

저 먹 같은 집 바라보다가 바라보다가

아, 그만 품에 품고 간 청주 한 병을 내가 다 마셔버렸지 뭡니까

빈 술병은 바람 부는 한 귀퉁이에 똑바로 세워놓고

그러고는 그러고는 소나무 네 그루에 각각 추운 절 하고는

도로 나왔습니다만 이거야 참 또 결례했습니다.

세한도 속을 거닐다

추사의 〈세한도〉는 우리에게 이런저런 상념을 던져 주는

138

작품이라서 그런지 많은 시인들이 〈세한도〉를 소재로 시를 썼어. 〈세한도〉라는 그림의 울림이 그만큼 크다는 말이지. 신현정 시인도 〈세한도〉를 많이 좋아했던지 방금 살펴본 「적소」 말고 「세한도」라는 시도 썼어. 나도 한때 내 방의 벽에 〈세한도〉를 붙여 놓고 자주 쳐다보았는데, 오래 바라보고 있노라면 휘적휘적 눈 속의 집으로 걸어가고 싶다는 생각이 들곤 했어. 마음이 저 풍경보다 더 시릴 때는 조그만 창문마저 닫고 눈 속에 갇히고 싶다는 생각도 들었어. 아마 시인도 그림을 감상하다가 아예 그림 속으로 들어가 버린 것 같아.

하얀 눈이 펑펑 쏟아지면 하늘과 땅이 하나의 빛으로 똑같아지잖아. 눈이 오는 날의 허공은 눈송이로 가득 차 있으면서도 텅 빈 채 활짝 열려 있는 것 같은 희한한 느낌을 주는데, 그런 풍경 속에서는 그리운 것도 많아지고 외로움도 커져. 그런데 만약 그럴 때 찾아오는 사람도 찾아갈 사람도 없이 혼자라면 그 어느 때보다 더 외로울 거야. 세상과 사람들로부터 멀리 떨어져 있다는 쓸쓸한 느낌이 싸하게 밀려들겠지. 그래서 외로운 시인은 맑은 술 한 병을 챙겨서는 자기 신세와 비슷했던 추사를 찾아간 거지.

추사가 〈세한도〉를 그린 곳은 귀양을 갔던 제주도라고 했잖아. 변치 않는 우정에 감사하는 뜻으로 그림을 그렸다지만, 그림 속 황량한 겨울 풍경만큼은 제자에 대한 고마운 마음보다는 추사의 외로운 심정과 더 닮았다는 것을 시인은 알았을 거야. 그래서 시인은 시의 제목을 '귀양지'를 뜻하는 '적소(謫所)'라고 붙인 게 아닐까. 그러니까 〈세한도〉는 시인이 스스로를 유배한 공간인 거야. 무언가 말 못 할 시름이 깊고 한없이 혼자인 그런 날에 세상 밖으로 슬며시 나를 내보내는 곳이 바로 〈세한도〉였어. 그런 의미에서 난 이 시의 제목이 참 멋지다고 생각해.

그럼 스스로 찾아간 유배지인 〈세한도〉에서 시인은 무엇을 했을까? 시인은 그림 속에 잘못 날아든 기러기들을 쫓고, "먹 같은 집"만 하염없이 바라보다가 술병만 다 비우고 말았대. 말이 그렇지, 술병이 비듯 마음도 깨끗이 비워지고 다시 결연해져서 저 풍경을 뒤로하고 돌아 나올 때, 그 순간 시인의 마음은 내가 추사 고택에 들렀다 나오는 심정과 비슷하지 않았을까. 이상적 같은 우정을 나눌 친구가 없더라도 소나무와 잣나무를 번갈아 바라보며 빈집에서 잠시 몸도 녹이고 우두커니 마음을 비울 수 있는 곳.

그래서 나는 시인처럼 따뜻함에 목마른 외로운 사람들이 무작정 찾아가서 놀다가 나올 수 있는 적소(適所, 꼭 알맞은 자리)가 바로 〈세한도〉라고 생각해. 〈세한도〉같이 마음의 예의를 갖추지 않고도 찾아갈 수 있는 곳이 하나쯤 있다면 곱씹히는 삶의 쓴맛도 잠시 잊을 수 있지 않을까. 우리의 마음속이 어떠하건 간에 자연은 마음 쓰지 않고 그대로 있다는 그 자체가 우리의 기울어진 상태를 회복시키는 데 도움이 되는 것 같아. 그런 면에서 〈세한도〉의 황량함과 적막은 내 외로움을 증류하기에 충분하다고 생각해.

한평생 여덟 개의 벼루에 구멍을 내고 천 자루의 붓을 몽당붓으로 만들었다는 추사. 그의 고택 옆에 자리한 박물관에 가면 추사가 남긴 이런 글귀가 있어. "가슴속에 만 권의 책이 들어 있어야 그것이 흘러넘쳐서 그림과 글씨가 된다." 추사 고택을 나올 때면 늘 저 문장이 나를 꽉 움켜잡고 새로운 다짐을 하게 해 줬어.

그러나 아무리 주먹을 꼭 쥐어도 또 아무 경고조차 없이 시작되는 외로움과 일상에 흔들리게 되면, 이번엔 시인처럼 아예 〈세한도〉 속으로 들어가 볼까 봐. 들어가서 한겨울 소나무처럼 아무에게도 기대지 않고 서 있어야겠어. 하늘의 깊이에서 오는 것들만 온몸으로 받으면서. 하얀 눈이 가늘게 바스락대는 소리를 홀로 들으면서 바깥세상의 소음을 지워 봐야겠어.

희망이란

누구에게든

더없이 좋은 상황에서 꿈꾸는 것이 아니잖아.

힘들고 절망스러울 때,

가슴을 치며 울고 있을 때,

그럴 때 보고 싶은 작은 햇살 같은 게 희망이니까.

마지막 한 줄로 연주하는 노래

조지 프레더릭 와츠 〈희망〉
천양희 「희망이 완창이다」

열세 살 안네 프랑크는 2차 세계 대전을 겪으면서 독일군을 피해 2년 동안 은신처에 숨어 살았어. 30평 남짓한 비밀 공간에서 다른 가족들과 함께 여덟 명이 지냈다고 해. 밀폐된 곳에서 감시와 불안, 공포와 외로움을 견뎌야 했던 어린 소녀는 일기를 쓰기 시작했지. 일기장을 '키티'라고 부르며 마음속 비밀을 다 털어놓겠다고 첫 줄을 썼어. 그리고 2년 동안 꾸준히 일기를 썼어. 우리가 잘 아는 『안네의 일기』는 이렇게 탄생했어.

내가 그 일기를 처음 읽은 건 안네의 나이쯤 됐을 때였어. 열다섯 살 소녀가 같은 또래의 일기를 읽는 기분은 참 묘했어. 그런데 그때 내가 읽은 것은 청소년용 문고판이어서 내용이 많이 축소된 책이었다는 사실은 한참 세월이 흐른 뒤에야 알았어. 안네가 쓴 내용 그대로 무삭제 완역판이 나오고 난 뒤, 나는 주저 없이 책을 사서 읽었어. 새롭고 놀라웠지. 지금까지 내가 알고 있던 일기와는 많이 달랐어. 사춘기 소녀의 평범한 고민이 너무나 진솔했고, 감옥 같은 삶에서도 끝까지 믿고 있었던 내일에 대한 희망은 정말 감동적이었어.

그 일기의 주인공 안네는 겨우 열여섯의 나이로 세상을 떠났지만, 일기에 남겨진 글들은 여전히 우리에게 많은 생각을 안겨 줘. 전쟁의 참상과 유대인 학대 같은 역사적 사실을 보여 준다는 점에서도 중요하겠지만, 난 열세 살 소녀가 보여 준 솔직한 마음과 특히 안네가 쓴 이런 말들이 슬프고 아름다운 별빛 같다고 생각해. "자전거를 타고, 춤을 추고, 휘파람을 불고, 세상을 보고, 청춘을 맛보고, 자유를 만끽하고, (……) 나는 이런 걸 동경해요."

지금 우리 눈으로 보면 안네의 희망 사항은 희망이라는 이름을 붙이는 게 이상할 정도로 보잘것없게 느껴져. 하지만 바깥은 전쟁 중이고, 독일군에게 잡히면 수용소로 끌려가던 무서운 시절이었음을 상상해 봐. 당장 내일 비밀경찰에게 잡혀갈지도 모르는 상황인데 저명한 작가가 되겠다는 꿈을 키우며 소설과 수필, 일기를 쓰다니. 어떻게 그 어린 소녀는 희망을 잃지 않고 스스로 꿈을 키우면서 길고 암담한 시간을 보낼 수 있었을까. 다시 일기를 읽는 나는 먼 이국의 어린 소녀에게 이런 질문을 하며 배우고 있었던 거야. 무엇보다 희망에 대한 믿음을.

희망이라는 것이 얼마나 소중한지, 또 왜 꼭 가져야 한다고 하는지 안네를 보면서 더 단단히 믿게 되었어. 그리고 진짜 희망이란 힘들고 어려울 때 싹을 틔운다는 것도. 다음 그림 속의 여인도 안네만큼이나 힘들어 보이는데 우리에게 들려주고 싶은 연주는 희망이라고 하네. 그 사연이 무언지 조용히 그녀의

조지 프레더릭 와츠, 〈희망〉
1886년, 캔버스에 유채, 142.2×111.8cm, 영국 런던 테이트 갤러리

연주를 들어 보기로 해.

아직 마지막 한 줄이 남아 있어

깜짝 놀랐지? 이 그림의 제목이 정말 '희망'이 맞는지 묻고 싶을지도 모르겠어. 희망이라고 하면 밝고 생기가 느껴져야 할 것 같은데, 이 그림은 오히려 그 반대잖아. 둥그런 지구 모형 같은 곳 위에 지치고 힘없는 한 여인이 앉아 있어. 맨발에 눈까지 가려져 있고. 그뿐이 아니야. 온몸을 깊이 웅크려 안고 있는 낡은 악기도 줄이 다 끊어지고 겨우 한 줄만 남았어. 발밑에는 물인지 그늘인지 모를 어떤 것이 차오르고 있는 것도 같고.

모든 게 다 절망적인 상황이야. 혹시 화가가 그림의 제목을 반어법으로 쓴 건 아닐까 하는 생각도 들지만, 이 그림에서 희망의 메시지를 정확하게 읽은 사람이 있어. 그리고 그 사람 덕분에 이 그림은 더욱 유명해졌고, 이 그림에서 희망을 읽어 낸 그 사람도 자신의 꿈을 이루었지. 그 이야기부터 해 볼까.

미국의 버락 오바마 대통령이 정치를 막 시작하던 젊은 시절 이야기래. 어느 날 오바마는 교회에서 제레미아 라이트라는 목사의 연설에 크게 감동했어. 그날 목사는 희망을 이야기하면서 그림 한 점을 보여 주었는데, 오바마는 그 그림과 연설 내용을 따로 메모해 두었대. 그러다가 훗날 미국 대통령 선거 후보로 나섰을 때 마음속에 간직했던 한 편의 그림과 내용을 인용해서 많은 눈길을 끌었고, 미국 최초의 흑인 대통령으로 당선되는 영광을 안게 되었지. 온갖 어려움에도 오바마를 끝까지 앞으로 나아가게 이끈 그 그림이 바로 〈희망〉이었다고 해.

이런 사연이 알려지면서 이 그림은 전 세계적으로 유명해졌어. 오바마 말고도 이 그림을 아낀 사람들은 더 있어. 남아프리카 공화국 최초의 흑인 대통령 넬슨 만델라는 감옥의 독방 벽에 이 그림을 걸어 놓고 수도 없이 바라보았다고 하고, 미국의 흑인 인권 운동가 마틴 루서 킹 목사도 연설에서 이 그림을 얘기했대. 그들은 어떻게 다 똑같이 이 그림에서 희망을 보고 힘을 얻었던 걸까?

그건 마지막 한 줄을 믿었기 때문이야. 누구에게나 소망의 줄이 끊어질 때가 많지만, 그럼에도 남은 한 줄로 끝까지 음악을 연주해 내려는 그녀가 바로 희망의 메시지라고 생각한 거지. 삶에는 늘 원하는 대로 이루어지는 일보다 번번이 실패하는 일이 훨씬 많잖아. 나도 시험에 실패하고 떨어진 경험이 여러 번 있어. 신춘문예에 도전했다가 떨어진 적도 서너 번쯤 있어. 그렇게 소망의 줄은 가늘기 그지없어서 쉽게 끊어지는 것 같아. 강철로 만든 튼튼한 줄이 아니거든. 하나 둘 셋, 끊어진 줄을 미처 잇기도 전에 다시 뚝뚝 끊어지는 줄을 볼 때, 우린 조금씩 무너지기도 해. 안 되는 일이구나, 라고. 자신감과 의욕이 사라지는 걸 느끼지. 마침내 나 자신에 대한 믿음까지 잃으면 그땐 절망이라는 단어도 배우고 말이야.

하지만 마지막 한 줄이 남아 있다면 연주를 멈추어선 안 되는 거야. 그림속의 여인처럼 눈이 가려졌어도 내 손끝을 믿고 연주하려는 것. 그것이 진짜 희망이라는 말이야. 만약 저 악기의 줄이 강철로 만들어진 거였다면 잘 끊어지진 않았겠지만,

결코 아름다운 소리가 나진 않았을 거야. 기타나 바이올린처럼 손끝의 작은 떨림까지 전하는 가느다란 줄이어야 마음속 희망의 소리가 아무리 작아도 그 소리를 담아 아름답게 연주할 수 있는 거니까.

이 그림을 둘러싼 재밌는 일은 제목 때문에 생기기도 했어. 체스터턴이라는 평론가가 이 그림을 보고는 제목을 '절망'이라고 붙이라고 했다는 거야. 우리가 처음에 느낀 대로 말이야. 그러나 화가가 끝까지 '희망'이라고 고집해서 지금의 제목이 되었다고 해. 하마터면 큰일 날 뻔했지? 화가가 왜 '희망'이라고 부르짖었는지 우린 이제 알잖아.

그렇게 고집을 꺾지 않은 화가, 조지 프레더릭 와츠(1817~1904)는 영국 런던에서 태어났어. 피아노를 만드는 아버지 밑에서 자랐는데 훈장까지 받는 화가가 되었지. 초상화를 무척 잘 그려서 그 무렵 유명한 이들의 초상화도 많이 그리고 조각가로도 활동했대. 그리고 제자는 평생 두 명만 두었다고 해.

우리가 본 이 그림은 그가 예순아홉 살에 그린 것으로, 입양한 딸이 죽은 직후에 그렸다고 전해져. 두 가지 버전으로 그렸는데, 첫 번째 버전의 그림에서 윗부분에 있던 별을 생략하고 붓질을 조금 더 부드럽게 한 두 번째 버전이 바로 이 그림이야. 화가 자신도 두 번째 버전을 더 좋아했대. 상실감과 슬픔과 아픔이 큰 시기에 화가는 자신에게 스스로 위로를 주고 용기를 주려고 이런 그림을 그렸나 싶어. 그래서 끝까지 이 그림의 제목을 〈희망〉이라고 말한 거겠지.

실제로 이 그림은 실의에 빠진 사람들에게 많은 위로를 주는 힘이 있었나 봐. 제3차 중동 전쟁이 끝난 이집트에서는 군대의 사기를 북돋우려고 대량으로 복제해 나눠 주기까지 했대. 그 밖에 1920년대 영화와 광고에 쓰이기도 했고, 무엇보다 피카소가 무명이던 청색 시대에 그린 작품 〈늙은 기타리스트〉가 이 그림의 영향을 받은 것이라고 해. 그때의 피카소에게는 희망이 간절했을 테니까 그럴지도 모르겠어.

희망이란 누구에게든 더없이 좋은 상황에서 꿈꾸는 것이 아니잖아. 이 화가처럼 힘들고 절망스러울 때, 가슴을 치며 울고 있을 때, 그럴 때 보고 싶은 작은 햇살 같은 게 희망이니까. 그래서 희망은 절망에서 생겨난다고 화가와 똑같은 말을 하는 시인이 또 있는 거지.

희망이 완창이다

절망만한 희망이 어디 있으랴
절망도 절창하면 희망이 된다
희망이 완창이다

절망을 절창하라

이 시는 무척 짧은데 내용은 어려워 보여. 3행밖에 안 되는 시의 무게가 30톤은 넘게 느껴져. 절망, 희망, 절창, 완창, 이 네

149   ┌ 가장 밑바닥 감정의 기록

낱말이 전부인데 말이야. 절망과 희망을 얘기하면서 이렇게 짧게 쓴 시인에게 감탄했어. 아무리 길게 좋은 수식어를 갖다 붙인다 해도 이 낱말들은 가슴이 겪지 않으면 잘 알 수 없어서, 다른 말은 다 아끼고 꼭 필요한 낱말로만 의미를 전달한 것 같아.

시인도 희망을 이야기하면서 절망을 먼저 말했어. 화가가 '희망'이라는 그림에서 절망의 상황을 보여 준 것처럼. 그들은 왜 그랬을까? 그건 희망이 생겨나는 곳이 어딘가를 알려 주려는 것 같아. 모든 게 다 잘되고 있을 때 우리는 희망을 찾지 않잖아. 찾을 필요도 없으니까. 진짜 희망은 소망이 좌절되었을 때, 꿈이 무너졌을 때 시작되는 거라서 그래. 즉 희망은 실패와 절망의 시간에 찾게 되는 친구인 거지. 내 꿈을 이룰 수 있다는 믿음이 바로 희망이라고 안네에게서 우리는 들었잖아.

시인은 이렇게 말하고 있어. 절망만 한 희망은 없으니 절망을 절창하라고. 절창이란 '아주 뛰어나게 잘 부르는 노래'라는 뜻이야. 그런데 절망을 정말 멋지게 잘 불러 보라니. 이 말은 무슨 의미일까 점점 어려워지네.

노래를 부를 때를 떠올려 봐. 노래를 잘 부르려면 먼저 가사와 박자, 리듬을 정확하게 알아야 해. 목소리가 아무리 좋아도 제멋대로 부르면 듣기 좋은 노래라고 할 수 없지. 그리고 그 노래의 분위기와 느낌이 어떤지도 생각해 봐야 해. 슬픈 이별의 노래를 싱글벙글 손뼉치며 부를 순 없는 거잖아. 간혹 가수들이 노래 부르면서 우는 것도 그 노래에 마음을 완전히 몰입시켰기 때문이야. 그런 노래를 들으면 저절로 눈물이 나는 것처럼, 절창을 하려면 무엇보다 제대로 아는 것이 중요한 거지.

사람의 마음도 마찬가지야. 절망을 느꼈을 때는, 절망을 정확하게 먼저 알아야 하는 거야. 절망이야, 이제 난 끝났어, 가 아니라 어떤 종류의 노래인지 파악하듯 그렇게 살펴보라는 거야. 댄스곡인지 발라드인지 힙합인지 알고 나면 옷과 분위기를 맞출 수 있잖아. 마찬가지로 어떤 실패와 절망에 맞닥뜨렸는지, 얼마나 큰일인지 곰곰이 생각해 보면 내가 무엇을 해야 하는지 답이 나오는 거야.

그렇게 절망이라는 노래를 받았을 때 다른 노래로 바꾸지 말고 잘 부르라는 게 시인의 당부인 거야. 아주 멋진 노래를 들으면 절로 박수가 나오는 것처럼 절망을 절창하면 희망이라는 박수를 받는 거지. 처음부터 끝까지 완전하게 부르면, 즉 완창을 하면 그게 바로 희망이 된다는 얘기 같아. 이건 그림의 메시지와도 통하는 얘기야. 마지막 한 줄로도 끝까지 연주하는 건 완창을 하겠다는 뜻이잖아. 절망이라는 거, 나도 다음엔 멋지게 불러서 꼭 완창해야겠다는 다짐을 하게 돼.

희망이라는 말은 너무 많이 들어서 그 가치를 제대로 생각하지 않게 된 것 같아. 마치 교과서에 나오는 교훈적이고 가장 모범적인 정답 같은 느낌을 주거든. 지겨운 희망이라고 말하고 싶을 만큼. 그래도 여전히 희망을 대신할 정답은 없다고 생각해. 희망은 돈을 주고 사야 하는 것도 아니고 남에게 빌려야 하는 것도 아니니, 내가 갖고 싶은 만큼 많이 가져 본 다음에 투정을 부려도 괜찮을 것 같아. 단 한 줄로도 얼마든지 많은 노래를 연주할 수 있고, 또 한 줄로만 연주하는 노래는 지금까지와는 다른 더욱 새로운 노래라는 걸 잊지 말기로 해.

사물의 기억,
세상의 약속

더 나은 삶에 대한 의지가 없다면 나를 알고자
하는 욕망도 없을 거야. 마음과 정신이 궁금하
고 나를 옥죄는 욕망을 보고 싶다는 생각도 하
지 않을 거야. 그런 의미에서 자화상을 그리고
자화상을 쓰는 사람들은 자신의 삶을 사랑으
로 끌어당기는 사람이라고 생각해. 내가 나이
긴 하지만, 나라는 존재가 당혹스러우리만치
알기 어려운 게 사실이잖아.

나와 나, 그리고 나

윤두서 〈자화상〉
서정주 「자화상」

나는 누구일까? 나는 어떤 사람일까? 자신을 설명하라는 이런 질문을 받으면 어떤 대답을 해? 이름, 성별, 나이, 키와 몸무게, 생김새의 특징, 그리고 또 좋아하거나 싫어하는 몇 가지 것들. 난 이런 것들이 제일 먼저 떠오르지만, 이 대답을 다 모아 놓아도 진짜 '나' 같지는 않아. 뭔가 빠졌다는 느낌이 들어. 그 '뭔가'가 도대체 뭔지 잘 모르겠지만, 그것을 찾아서 나머지를 채워야 할 것 같아. 내가 나인데 나를 잘 모르고 있다니. 그러면 어디서 누구에게 물어보면 알까, 부모님이나 선생님, 친구도 알지 못하는 것을.

솔직히 세상에서 가장 어려운 질문 중 하나가 아닐까 해. 아무리 고민해 봐도 수학 문제처럼 딱 떨어지는 정답이 나오지 않잖아. 어쩌면 애초부터 정답이 없는 질문이었는지도 몰라. 정답이 없어서 매번 다른 답이 나오고 늘 고민해야 하는 그런 질문인 것 같아.

그런 탓에 아예 생각조차 않는 사람도 많아. 나를 알아야겠다는 생각이 시작되면 힘든 순간을 많이 만나야 하거든. 예쁜 것보다는 못난 게 먼저 보이고, 잘하는 것보다는 남보다 모자라는 게 더 많은 것 같으니까 말이야. 뭐야, 겨우 이런 모습이야? 이런 실망과 아픔을 겪지 않고는 결코 '나'를 볼 수 없으니까.

그런데도 나는 지금 '나'를 보려고 하는 거야. 삶의 고비를 만날 때마다 자신을 피하지 않고 변명하지 않고 정면으로 바라보면 어느 누구도 아닌 자기한테서 진정 위로와 힘을 얻어 낼수 있기 때문이지. 사람은 자신이 가치 있는 사람이라고 느낄때 비로소 살아가는 이유와 힘을 얻게 되는데, 그 가치 있음을 실감할 수 있는 사람은 자기 자신뿐인 거잖아. 나를 마주한 채내가 나 자신에게 주는 의미. 그것이 바로 용기가 되고 때로는위안이 되는 것 같아.

이런 힘을 증명해 주는 예술 작품이 바로 자화상이 아닐까. 자화상은 자기를 그린 그림이잖아. 화가의 삶과 모습이 가장 정직하게 투영된 작품인 거지. 화려하고 멋진 초상화들보다 자화상에 더 오래 눈길이 머무르는 것도 그들의 자기 고백을 들을 수 있어서야. 자화상은 자신을 말하고 있지만 호수에 비친 아름다운 자기 모습에 반했던 나르키소스의 자기애와는 달라. 그야말로 나는 누구인가, 라는 물음에 대한 화가의 답이 자화상인 거지.

그래서 고흐는 스스로 귀를 잘라 붕대를 감은 채로 자신의 고통을 끝까지 들으며 자화상을 그려 냈고, 렘브란트도 늙고 초라해져서 아무것도 아닌 것이 되어 버린 자신의 모습을 부정하지 않았던 걸 거야. 심지어 뭉크는 자신의 영혼까지 보고 싶었는지 죽은 후의 모습을 상상해 〈저승에서, 자화상〉이라는 그림까지 그렸어. 그들은 알고 있었어. 자신의 밖에서 자신을 마주하면 꼭꼭 감췄던 상처를 만날 수 있고, 그것을 햇볕 아래로 꺼내 말릴 수 있다는 것을. 그들에게 자화상을 그리는 작업은 아픈 삶을 치유하는 과정이었으리라는 생각이 들어. 그래서 삶이 힘들 때는 고흐의 자화상을 보라는 말까지 나온 게 아닐까.

나는 자화상만 모아 놓은 스크랩북이 있을 정도로 자화상에 특별한 애정이 있어. 의도했든 의도하지 않았든 간에 자화상에는 화가의 내면이 드러나 있기 때문이지. 자신감 넘치는 자화상이 있는가 하면 고흐나 에곤 실레, 프리다 칼로처럼 아픔과 비명이 가득한 자화상도 있어. 저마다 얼굴이 다르듯이 얼굴 안에 담긴 저마다의 삶과 상처를 바라보노라면 캔버스에 내 마음이 스미는 듯한 기분이 들곤 해.

이번엔 자신의 심연을 해부해 그림 속에 영원히 정지시킨 수많은 자화상 중에서 강렬한 기운이 느껴지는 그림을 골랐어. 정신까지 그리고자 했던 우리나라 선비의 작품이야.

내가 나에게 묻는다, 나는 누구인가?

칠흑 같은 어둠으로도 가릴 수 없을 것 같은 저 눈빛을 봐. 절대로 피하지 않는 눈동자와 치켜 올라간 눈썹. 꽉 다문 입과 얼굴을 덮은 긴 수염까지, 너그러워 보이는 얼굴은 아니야. 솔

윤두서, 〈자화상〉
1710년, 종이에 수묵 담채, 38.5×20.5cm, 개인 소장

직히 무섭다는 게 정직한 느낌 같아. 처음 이 그림을 봤을 때 내 느낌이 그랬어. 내 잘못을 알고 있는 건가, 죄를 고백해야 그 자리를 벗어날 수 있을 것 같았지. 그건 저 눈빛의 힘 같아. 마치 내 마음속까지 꿰뚫어 보는 듯하거든.

이 그림은 한국 미술사에서 최고의 걸작으로 손꼽히는 윤두서(1668~1715)의 〈자화상〉이야. 우리나라뿐 아니라 동양인의 자화상 중에서도 최고라는 평가를 받는다고 해. 다시 들여다봐도 그럴 만한 그림이라는 생각이 들어. 눈빛을 봐. 수많은 화가의 자화상을 봤지만 저렇게 힘 있고 강인해 보이는 눈은 잘 없었어.

이 그림을 그린 윤두서는 조선 시대의 유명한 시인인 윤선도의 증손자이자 정약용의 외할아버지이기도 해. 시와 그림, 서예, 음악 외에 천문과 지리까지 아우르는 폭넓은 지식을 쌓은 선비 화가였지. 일찍이 과거에 급제했지만 치열한 당쟁 속에서 여러 가지 어려움을 많이 겪었대. 그런 중에 형이 귀양을 가서 죽자, 윤두서는 뜻을 모두 접고 고향인 해남으로 내려갔어. 그때가 마흔다섯 살 무렵이라는데, 이 〈자화상〉을 그린 시기라고 해. 그러니까 윤두서의 삶에서 가장 절망적일 때라고 할 수 있는 거야.

그럴 때, 이 선비는 마침내 저 부릅뜬 눈으로 다른 무엇도 아닌 자기 자신을 응시했어. 실제로도 엄격하고 자존심이 강한 사람이었다고는 하지만, 눈빛에서 한 치의 흔들림조차 없어질 때까지 얼마나 오래 '나'를 마주했을까.

떠밀리고 버려져야 했던 자기 처지를 원망하지 않으려고

그는 입술에 더 힘을 주고 있는 듯 보여. 무한한 자기 긍정을 하려는 게 아니라 자신을 그대로 받아들이고 다시 일어서겠다는 의지가 저 눈빛과 표정에 여전히 살아 있는 것 같아. 화가의 삶과 내면을 반영하는 자화상이 아니라면 이런 생각들은 읽어 낼 수 없을 거야.

윤두서는 〈자화상〉에서 보이듯 사실적인 묘사를 중요하게 여겨서, 그리고자 하는 대상이 생기면 그것을 하루 종일 관찰한 다음에야 그렸다는 이야기도 있어. 그림에 그려진 수염만 봐도 그의 치밀한 성격을 알 수 있을 것 같아. 가느다란 수염의 한 올도 빠뜨리지 않고 다 그린 듯하잖아. 나라면 수염을 그리다가 지쳐 버리고 말았을 텐데. 원래는 어깨선과 옷 주름도 연하게 그려져 있었다는데 보수하는 과정에서 지워져 버렸대. 그래서 얼굴이 더 크게 부각되고 눈빛의 기운까지 합쳐지면서 기괴한 분위기가 짙어진 것 같아. 내가 이 그림을 처음 봤을 때의 섬뜩함도 그런 이유 때문이 아닐까 싶어.

화가가 자화상을 그리는 목적은 자기 얼굴을 더 잘나게 그리는 데 있지 않잖아. 다른 사람의 초상화는 주문을 받아 판매하지만 화가의 자화상을 사려는 사람은 옛날엔 거의 없었으니까. 물론 지금이야 유명한 화가의 자화상은 수백억 원에도 팔릴 만큼 상황이 많이 달라졌지만 말이야. 아무튼 화가는 자신의 가장 깊은 곳, 아무도 들여다볼 수 없는 마음과 정신을 그리고자 하는 거야. 그래야 '나는 누구인가'라는 질문에 답을 얻을 수 있으니까.

하지만 나를 그리는 건 정말 어려운 일이야. 난 화가가 아니어서 그림으로는 엄두를 못 내니까 시로써 나를 그려 보고 싶은데, 아직까지 이루지 못했어. 나를 제대로 보려면 나에 대해 그만큼 큰 믿음과 단단한 중심이 있어야 했어. 내 마음이 부서지는 것을 볼 용기도 필요했고. 그래서 난 아직 기다리는 중이야. 윤두서의 눈빛을 닮은 의지가 생길 때까지. 그때가 되면 이 시인처럼 내 마음속 더 깊숙한 곳의 어둠까지 내 손으로 열어 보일 수 있을까.

자화상

서정주

애비는 종이었다. 밤이 깊어도 오지 않았다.
파뿌리같이 늙은 할머니와 대추꽃이 한 주 서 있을 뿐이었다.
어매는 달을 두고 풋살구가 꼭 하나만 먹고 싶다 하였으나…… 흙으로 바람벽한 호롱불 밑에
손톱이 깜한 에미의 아들.
갑오년이라든가 바다에 나가서는 돌아오지 않는다 하는 외할아버지의 숱 많은 머리털과
그 크다란 눈이 나는 닮었다 한다.

스물세 해 동안 나를 키운 건 팔할이 바람이다.
세상은 가도 가도 부끄럽기만 하드라.
어떤 이는 내 눈에서 죄인을 읽고 가고

어떤 이는 내 입에서 천치를 읽고 가나
나는 아무것도 뉘우치진 않을란다.

찬란히 티워 오는 어느 아침에도
이마 우에 얹힌 시의 이슬에는
몇 방울의 피가 언제나 섞여 있어
볕이거나 그늘이거나 혓바닥 늘어트린
병든 숫개마냥 헐떡어리며 나는 왔다.

나를 만나는 아픈 시간

"애비는 종이었다"는 폭탄 같은 선언이 의미심장해. 애비가 종이었다는 사실 때문에 자신에게 가했을 상처의 깊이도 이 첫 구절에 다 담겨 있어. 그래서 자기 가족사부터 솔직하게 고백하는 화자의 말에 조용히 귀 기울이게 돼.

천한 신분의 아버지를 두었으니 화자의 어린 시절이 유복하진 않았을 것 같아. 겨우 흙으로 벽을 쌓은 집에서 애비가 오지 않는 밤들을 늙은 할머니와 엄마와 어린 화자가 견디고 있었어. 가난한 마당에는 대추나무 한 그루가 손톱이 까만 나와 함께 자라고 있을 뿐. 오죽하면 "나를 키운 건 팔할이 바람"이라는 아픈 말을 했을까.

아버지의 빈자리를 대신해 준 게 바람이었다니. 웃거나 눈물지을 때 내 곁을 지켜 준 게 바람이었다니. 이 시를 읽을 때마다 참 아름답다고 생각하면서도 가슴 저리는 표현이 바로 이 구절 같아. 아무리 곱씹어도 그 말의 아픔이 잘 가셔지지 않아. 왜냐하면 나도 이런 느낌을 안고 사춘기를 보냈거든. 화자에게도 가난보다 더한 고통은 바로 이런 마음이었을 듯싶어.

첫 연의 회상은 그다음 시절로 넘어가지만 화자의 외롭고 고단한 생활은 변하지 않아. 가난과 천한 신분이라는 굴레는 스물셋의 나를 여전히 옭아매고 있어서 "가도 가도 부끄럽기만"한 세상이래. 그 세상 속에서 세상과 부딪칠수록 깨닫는 건 죄인인 나와 바보 같은 나이지만, 그래도 나는 "아무것도 뉘우치진 않"겠다는 결의가 하도 단단해서 절박해 보이기까지 해. 그렇게 온 힘으로 나를 일으키지 않으면 영영 부끄러워져 버릴지도 모르니까.

이쯤 되면 이제 마음은 원망보다는 성찰에 가까워져. 상처를 꺼냈으니 바람이라도 쐬어 덧나지 않게 해 주고 싶었을 거야. 그런 화자에게 상처를 낫게 해 주는 것은 바로, 시였어. 피가 돌고 새살이 돋게 하는 그런 맑은 이슬 같은 시가 자신에게는 있으므로 병든 수캐처럼 헐떡거리면서도 갈 수 있다는 말. 이런 강한 의지를 말하고자 시인은 처음부터 가족사와 시련의 삶을 고백한 거지. 윤두서가 절망을 안고 내려와 자기를 바라보았던 것처럼 시인도 현실의 고통 속에서 자기를 바라보는 눈을 더욱 크게 뜨고 있는 거야.

실제로 서정주 시인의 아버지는 종이 아니었지만, 양반가의 농감으로 가족을 먹여 살렸다고 해. 농감이란 지주를 대신해서 소작인들을 관리하는 직업이었는데, 시인에겐 이것이 열등감으로 작용했던가 봐. 주인을 대하는 부모의 태도에서 주종 간의 아픔을 느꼈던 거지. 자신의 첫 시집에서 첫 시로 놓은 〈자화상〉의 첫 구절이 "애비는 종이었다"는 건 아무래도 시인의 잠재의식 속에 그 아픔이 많은 자리를 차지하고 있다는 뜻일 거야.

그래서 마음속의 굴욕감을 제일 먼저 꺼내 놓고 고백함으로써 그것에서 벗어나 자신의 모습을 다시 그리고 싶었는지 몰라. 이 시를 쓸 무렵 시인은 삶의 갈피를 잡지 못하고 방황하고 있었거든. 학생 운동을 하다가 구속되고 학교를 자퇴하기도 하고, 넝마주이를 하는가 하면 스님이 되려고 절집을 찾아가기도 하던 시절이었어. 그렇게 전국을 떠돌다가 고향으로 돌아와 쓴 시가 〈자화상〉이야. 윤두서처럼 시인도 오로지 자신만을 응시한 끝에 비로소 안으로부터 울려오는 목소리를 받아 적어 냈을 거야. 모멸감과 자학이 깃든 자기 내면을 숨기지 않고 진솔하게 바라본, 아픈 자화상이지만 한편으론 자신을 향해 깊은 애정을 보내는 자화상이란 생각도 들어.

더 나은 삶에 대한 의지가 없다면 나를 알고자 하는 욕망도 없을 거야. 마음과 정신이 궁금하고 나를 옥죄는 욕망을 보고 싶다는 생각도 하지 않을 거야. 그런 의미에서 자화상을 그리고 자화상을 쓰는 사람들은 자신의 삶을 사랑으로 끌어당기는 사람이라고 생각해. 내가 나이긴 하지만, 나라는 존재가 당혹스러우리만치 알기 어려운 게 사실이잖아. 타인이 조율한 대로의 모습을 걷어 내고 나라는 이름의 허상 뒤에 숨은 진짜 나를 찾는 것이니까.

그러니 나를 알아 가는 시간이 아프고 힘들수록 '나'라는 작은 옷을 더 크게 더 많이 바꿔 입을 수 있다고 믿어. '나'를 좋아한다고 주저 없이 말할 수 있는 내가 되기를, '나'를 키우고 있는 건 팔할이 내 안의 슬픈 반짝임임을 알게 되기를. 오늘도 나를 보며 나를 찾아야겠어.

언제나 "발을 물고 놓아 주지 않"는 구두야말로
나의 행로와 삶을 속속들이 알고 있는 물건이지.
그래서 발이 빠져나가 텅 빈 구두는 아무도 없는 순간,
자기가 기억하는 발로 모습을 바꿔 보는 건 아닐까.

한밤중의 맨발

김기택 「맨발」
르네 마그리트 〈붉은 모델〉

얼마 전 자기의 맨발 사진을 찍어서 올리는 게 SNS에서 유행한 적이 있었어. 외국의 어느 신발 회사에서 시작한 '신발 없는 하루'라는 캠페인이었는데, 맨발 사진을 한 장 올리면 제3세계의 가난한 어린이에게 신발 한 켤레를 기부해 준다고 해서 나도 맨발을 카메라로 찍었어. 아주 재밌으면서 마음까지 따뜻해지는 발상 같아서 말이야.

빨간 발톱이 가지런한 고운 발, 흙이 묻은 검은 발바닥, 하얀 발등…… . 먼 나라의 누군가가 찍어서 SNS에 올린 사진들을 유심히 보았어. 남의 발을 그렇게 자세히 들여다본 적도 없고, 태어나서 그렇게 많은 맨발을 본 적도 없었지. 평상시에는 양말이나 스타킹, 혹은 신발을 신고 다니니 다른 사람의 맨발을 들여다볼 기회는 흔치 않잖아.

곰곰 생각해 보니 가족들의 발도 자세히 본 적이 없었던 것 같아. 아이들 발은 내 발을 좀 닮았던가? 나처럼 새끼발가락이

유난히 짧았던가? 잘 생각나지 않는 걸 보면, 평소에 크게 신경 써서 보지 않았던 것 같아.

그런데 발만 가득한 그 사진들 중에 서로 비슷한 발이 없는 걸 보면서 발도 얼굴만큼이나 표정이 다양하다는 생각이 들었어. 맨발에서 그 사람이 살아온 흔적과 성격 같은 것도 보이고 말이야. 그중 어떤 발들은 따끈한 물로 정성스레 씻어 주고 싶은 마음이 들었어. 참 고단해 보였거든. 피딱지처럼 남은 상처와 굳은살이 박인 발은 얼마나 거친 삶을 걷고 있는지 말해 주니까.

문득 성경에 나오는, 유서 깊은 세족식 장면이 떠오르기도 했어. 십자가에 못 박히기 전날 밤, 예수는 대야에 물을 담아와 제자들의 발을 직접 씻어 주었다고 하잖아. 고대 사회에서 발을 씻어 주는 일은 노예의 몫이었으니 다른 이의 발을 씻어 준다는 행위에는 그만큼 큰 의미가 담기는 거였지.

뭐 그렇게 거창한 의식이 아니더라도, 드라마나 영화 같은 데서 누군가가 다른 사람의 발을 씻어 주며 서로 앙금을 푸는 장면도 더러 봤을 거야. 상대의 딱딱한 발바닥과 울퉁불퉁한 발가락을 만지며 미안함과 따뜻한 마음을 전하는 모습 말이야. 발은 가장 낮은 곳에 있어. 그래서 마음과 몸을 굽히지 않으면 닦아 줄 수 없기 때문에 타인의 발을 닦아 주는 행위는 특별해지는 것 같아.

말이 나온 김에 고개를 숙이고 평소 무관심했던 내 발을 구석구석 살펴봤어. 엄지발가락의 커다란 지문도 마치 처음인 듯 관찰해 보고, 못생긴 발가락들도 한 번씩 꼼지락거려 보고 말이야. 손만큼 자주 보지 않는 발이라서 그런지 내 발인데도 낯선 곳이 있었어. 딱딱하고 거친 뒤꿈치는 깨끗이 씻고 크림이라도 발라 주고 싶어져.

여기저기 만지다 보니 발이 생각보다 훨씬 예민하다는 것도 알겠어. 손이 느끼는 만큼 발도 잘 느낀다는 걸. 아니, 간지럼은 손바닥보다 발바닥이 훨씬 더 잘 타. 바닷가 모래밭이나 진흙탕에서 맨발로 걸을 때 느껴지던 그 섬세한 감각도 다 발바닥이 전해 주던 것이었어. 발가락 사이에서 작은 풀잎이 구겨질 땐 온몸이 간질간질했어. 갑자기 발을 대하는 생각이 좀 달라지는 기분이야.

그래서 이번엔 발에게 주인공을 좀 맡겨 볼까 싶어. 우리가 미처 신경 쓰지 못했을 때도 발에 남달리 관심을 두었던 시인과 화가의 시선을 빌려서.

맨발

김기택

집에 돌아오면

하루 종일 발을 물고 놓아주지 않던
가죽구두를 벗고
살껍질처럼 발에 달라붙어 떨어지지 않던
검정 양말을 벗고

발가락 신발
숨쉬는 살색 신발
투명한 바람 신발
벌거벗은 임금님 신발

맨발을 신는다

맨발의 즐거움

누구든 하루 종일 밖에 있다가 집에 돌아오면 제일 먼저 신발을 벗어. 땀과 먼지가 가득 밴 신발을 현관에 아무렇게나 벗어 던져 버리지. 밑창이 보이게 뒤집어지든 이리저리 짝이 섞이든, 신발이야 어떻게 되건 말건 신발을 벗은 발은 참 시원하고 편안해. 여기에 양말까지 도르르 말아서 벗고 나면, 아, 온몸이 다 휴식을 얻은 것 같지.

그러고 보면 맨발로 편안하게 지낼 수 있는 곳은 집밖에 없나 봐. 학교나 직장에서는 신발을 벗고 아무렇게나 생활할 수 없는 노릇이잖아. 집에 왔다는 건 발에도 자유가 생기는 거였어. 지금까지 그저 당연하게만 여겼던 그 일이, 아무것도 아닌 것 같은 신발 벗는 이야기가 시로 쓰인 걸 보면, 이 시인은 발이 자유를 얻는 순간의 느낌이 남달리 강하고 좋았나 봐. 아니면 신발 속의 발에 연민이 컸든가.

어려운 표현이나 비유가 없는 시니까, 평범한 일상을 생각하며 시를 따라가면 돼. 아마도 퇴근하고 돌아온 저녁 무렵 같아. 가죽 구두와 검정 양말을 벗는 모습으로 보아 남자라고 짐작돼. 지친 몸으로 들어온 남자가 낡은 구두를 벗고 땀이 밴 양말도 벗고 드디어 맨발이 되었대. "후유." 하루를 마친 남자가 내쉬는 큰 숨소리도 들리는 것 같아.

그런데 시인이 맨발을 표현한 3연을 한번 볼까. "발가락 신발", "살색 신발", "바람 신발"로도 모자랐는지 착한 사람 눈에만 보인다는 "벌거벗은 임금님 신발"이라고도 했어. 즉 발이 아니라 신발이래. 아무것도 걸치지 않은 살색 그대로이니 살색 신발일 테고, 발가락이 하나하나 보이니 발가락 신발이라고도 부르고 싶었나 봐. 또 양말과 가죽 신발 속에서는 느끼지 못했던 시원한 느낌 때문에 바람 신발을 신었다고도 불러 보는 거지. 여기서 멈추나 했는데, 시인은 안데르센 동화의 벌거벗은 임금님까지 동원해서 한 번 더 재밌는 표현을 썼어. 있지도 않은 옷을 보이는 척 입고 거리를 행진했던 어리석은 임금님의 신발이라고.

이 말은 여러 가지 생각을 하게 해. 권력 앞에서 진실을 말하지 못하는 동화 속의 신하들처럼 어른들은 더러 그런 속 쓰린 일을 겪잖아. 그래서 자기 맨발을 보며 솔직하지 못했던 순간을 생각하는 건 아닌가 싶어. 혹은 나 자신이 허영심과 어리석음에 진실을 외면한 벌거숭이 임금님은 아니었나 반성하는 걸지도 모르겠어. 어느 쪽이건 간에 맨발을 신발이라고 한 시인의 생각은 새로워. 그 말은 아직 진짜 맨발은 아니라는 뜻 같거든. 그래서 마지막 연에서 "맨발을 신는다"고 말하는 게 아닐까.

'맨발 벗고'처럼 맨발은 보통 '벗는다'라는 동사와 어울리는 말인데 굳이 맨발을 '신는다'고 한 이유는 무얼까? 맨얼굴, 맨눈, 맨땅……. '맨 –'이라는 접두사가 붙으면 깨끗하고 순수한 느낌을 주는 것처럼 맨발도 마찬가지잖아. 그런 맥락에서 난 이런 생각을 해 봤어. 마지막 연에서 화자가 신은 맨발은 자신의 진짜 모습이라고 말이야. 맨발을 신는다는 건, 낮 동안의 거짓과 가면을 벗고 자신의 순수한 모습으로 돌아가려는 행위를 말한 것이 아닐까 추측하는 거지. 시인은 이를 "맨발을 신는다"는 의식적인 행위로 표현해 자신의 의지를 강하게 보여 주고 싶은 듯해.

발을 묶는다는 것은 몸을 묶는 일인 동시에 정신과 영혼을 속박하는 것이라는 의미를 생각해 본다면, 시인이 유난히 맨발에 깊이 마음을 쓴 건 그만큼 자유를 갈망한다는 뜻으로도 보여. 우리가 몸과 마음을 다 내려놓고 쉬고자 할 때면, 흙길을 맨발로 걷거나 바닷가 모래밭을 맨발로 뛰어다니는 것처럼 말이야.

새삼 '맨발'이라는 말이 무겁고 소중하게 느껴지기도 해. 날마다 발에게 온몸을 맡긴 채 다니지만 정작 발을 위로해 준 적도 없고 발의 존재를 느껴 본 적도 없는데, 시인의 눈을 통해 새로운 시각이 생긴 것 같아. 그래서 이왕 발을 바라보고 있는 김에 이번엔 좀 더 놀랍고 새로운 시선을 만나 볼까 해.

르네 마그리트, 〈붉은 모델〉
1935년, 캔버스에 유채, 56×46cm, 프랑스 파리 퐁피두 센터

어떠니, 놀라지 않았니? 난 처음엔 섬뜩한 기분이 들었어. 몸은 없고, 맨발인지 신발인지 모를 야릇한 것이 벽 앞에 덩그러니 놓여 있잖아. 앞에서 본 시인의 표현을 좀 빌려 말하자면, 투명 망토를 쓴 누군가가 "맨발을 신"고 있는 것 같아. 도대체 어떤 상황인지 짐작조차 하기 어려워. 그림 속 사물을 '하나'라고 해야 할지 '한 켤레'라고 해야 할지도 모르겠고. 그런데 이 작품은 보면 볼수록 무슨 어려운 수수께끼를 받은 것처럼 자꾸 호기심이 생기기도 해. 너무 기괴하고 이상해서 눈을 쉽게 뗄 수 없거든.

구두이면서 동시에 맨발인 이 그림을 그린 사람은 바로 벨기에 출신의 멋진 화가 르네 마그리트(1898~1967)야. 내가 무척 좋아하는 사람이라서 '멋진'이라는 말을 붙였어. 마그리트의 그림은 늘 내 상상력의 범위를 넘어서서 평소에 미처 생각지 못한 세계로 나를 이끌어 주거든.

마그리트는 어릴 때는 범죄 영화와 탐정 소설을 좋아한 평범한 소년이었다는데, 초현실 속에서 현실을 보여 주고 환상 속에서 실재를 보여 주는 그림을 많이 그렸어. 익숙한 일상의 이미지를 뚝 떼어 내 엉뚱한 곳에 가져다 놓음으로써 낯설게 하는 기법은 마그리트 그림의 큰 특징이기도 해. 그래서 그는 초현실주의를 대표하는 화가라고 불리지.

밤의 풍경 위에 낮의 하늘을 펼쳐 놓거나(〈빛의 제국〉), 커다란 파이프를 하나 그려 놓고 그 아래에 '이것은 파이프가 아니다'라고 모순되는 말을 써 놓기도 하고(〈이미지의 반역〉), 그림 속에 그림을 제시하여 현실과 환상의 경계를 불분명하게 하는 등, 그가 연출하는 장면들은 정말 기발해.

〈매트릭스〉라는 아주 유명한 영화에서 스미스 요원이 복제되는 장면도 그의 그림 〈겨울비〉에서 영감을 얻어 만들었대. 지금도 다양한 장르의 예술과 상업적인 광고, 혹은 디자인에 영향을 끼치고 사용되고 있을 만큼 마그리트의 작품은 창조적인 이미지가 강렬하지. 그는 정말 고정 관념을 뒤흔드는 이미지의 마술사라는 생각이 들어.

이 그림만 봐도 그래. 사실 발과 신발은 아주 익숙한 관계인데도 그 둘을 하나로 합쳐 놓으니까 무척 낯설게 느껴지잖아. 보는 사람을 당황하게 할 정도로 말이야. 마그리트는 이 희한한 그림에 대해 "인간의 발과 가죽 구두의 결합이 사실은 관습에 기초한 것"임을 나타내고자 했다고 설명했어.

신발은 발을 보호하고 걷기 편하게 해 주는 물건이라는 익숙한 생각에 반기를 드는 것처럼 이 그림은 사물의 재질과 특성을 뒤섞어 새로운 관점을 제시하고 있지. 습관에 반대하고 우리를 둘러싼 세계를 좀 더 새로운 눈으로 보기를 바라는 화가의 의도를 이해하는 순간, 우리는 선입견에 맞설 수 있고 우리에게 더 소중한 것이 무언지 찾아낼 수도 있다고 생각해. 이상하기만 한 마그리트의 그림을 자꾸 보게 되는 이유도 이런 데 있을 거야.

이 그림에서도 마찬가지야. 발이 구두로 변하는 순간인지 구두가 발로 바뀌는 중인지 알 수 없는 장면은 너무도 비현실적이어서 우리가 얽매여 있던 시각에 일침을 가하는 느낌이잖

ㄷ 사물의 기억, 세상의 약속

아. 더욱이 그의 그림들은 뿌옇게 흐리거나 번지지 않고 선명해서 사실적으로 보이기 때문에 당혹감과 놀라움이 배가되는 것 같아.

긴 엄지발톱과 발등의 핏줄까지 보이는 발에 끈이 풀린 가죽 구두의 발목을 누가 상상하겠니? 그리고 그것이 진짜 같다면 허를 찔릴 수밖에. 그래서 그의 그림을 볼 때면 내가 믿는 현실과 사물들이 실제로는 얼마나 위태로운 것인지도 한번쯤 생각하게 되나 봐.

다른 사람들은 어떨지 모르겠지만, 난 이 그림을 보면서 구두가 발로 변하는 중이라는 생각을 했어. 옷과는 달리 신발은 다른 사람과 잘 공유하지 않잖아. 시「맨발」의 한 구절처럼, 언제나 "발을 물고 놓아 주지 않"는 구두야말로 나의 행로와 삶을 속속들이 알고 있는 물건이지. 그래서 발이 빠져나가 텅 빈 구두는 아무도 없는 순간, 그림에서처럼 자기가 기억하는 발로 모습을 바꿔 보는 건 아닐까. 시인이 말한 진짜 맨발이 되어 보려고 맨발을 신는 것은 아닐까. 초현실주의 작품인 만큼 이 그림을 보면서는 어떤 상상을 해도 좋을 것 같아.

〈붉은 모델〉 이후로도 마그리트는 신발과 발을 합성한 이미지를 자주 변형해서 그렸고, 때로는 옷과 몸이 중첩되는 모습도 그렸어. 그런데 말야, 만약 정말 저렇게 생긴 신발이 있다면 난 유쾌한 기분으로 신고 나가지 못할 것 같아. 저 신발은 오히려 나를 제멋대로 끌고 다닐 것 같거든.

지금 당장 언제나 내 말을 잘 듣는 내 신발을 예쁘게 가지런히 다시 세워 줘야겠어. 나의 발 모양에 편안하게 맞춰진 낡은 신발이 새삼 고마워져. 석양을 가장 오래 볼 수 있는 언덕 위까지 같이 걸어간 것도, 사랑이 떠나는 날 나를 집으로 데려온 것도 뒤축이 서로 다르게 닳은 내 신발이었으니까. 살살 먼지도 좀 털어 주고, 혹시 내가 안 보는 한밤중에 마그리트의 신발처럼 모습을 바꾸고 있는 건 아닌지도 살짝 엿봐야겠어.

누구나 다 보고 있는 얼굴 속에
가려진 표정과 숨어 있는 자아.
한편으로는 불안이 가득하고,
또 다른 한편에서는 눈물을 흘리고 있는
복잡한 얼굴이 그림 속에 함께 있듯이
시인의 거울 속에도
나와는 정반대이면서
또 꽤 많이 닮은 내가
같이 있는 거였어.

마술 거울

파블로 피카소 〈거울 앞의 소녀〉
이상 「거울」

어릴 적 읽은 동화책 중에서 가장 오랫동안 내 마음을 사로잡은 이야기는 『백설 공주』였어. 주인공 백설 공주를 무척 좋아했나 싶겠지만 그건 아니야. 공주가 나오는 이야기들은 워낙 많아서 백설 공주가 특별히 매력적이진 않았거든. 그럼 일곱 난쟁이 때문이냐고? 그것도 아니야.

나는 이야기 속에 나오는 특별한 물건 하나에 마음을 쏙 빼앗겼지. 무척 신기했으니까. 돈을 주고 살 수 있는 거라면 꼭 사고 싶을 만큼 욕심이 났어. 바로 계모 왕비가 가지고 있던 '마법의 거울'이야. 궁금한 것을 물으면 모두 대답해 주는 거울이 정말 있다면, 나도 꼭 묻고 싶은 게 있었거든. 그때부터였을 거야. 거울을 보면 속으로 물어보는 버릇이 생긴 게.

처음엔 거울에 긴 역사가 있고 과학의 발전과 관련 있다는 사실을 몰랐어. 아무 데서나 볼 수 있는 게 거울이었으니까 말이야. 그런데 지금 우리가 보는 것처럼 선명하고 맑은 거울이

나오기까지는 참으로 오랜 시간이 걸렸다고 해. 인류 최초의 거울이 무엇이었을지 힌트를 찾으려면 멀리 그리스 신화까지 거슬러 올라가야 할 정도야. 나르키소스에게서 그 답을 들을 수 있거든.

맑은 호수에 비친 자신의 얼굴을 우연히 보고 반해 버린 이 청년, 나르키소스는 물속의 아름다운 얼굴을 너무 사랑한 나머지 빠져 죽고 말았잖아. 처음 보는 그 아름다운 얼굴이 자신이라는 걸 알지 못했으니까. 무척 유명한 이야기인데, 한편으론 궁금하기도 해. 어떻게 자기 얼굴을 모를 수가 있는지 말이야. 내 모습을 비춰 주는 거울과 유리문을 하루에도 수십 번씩 만나는 우리는 금방 이해가 되지 않지.

그러나 거울이 전혀 없었던 때를 생각해 봐. 자기 얼굴을 알려면 어떻게 해야 했을까? 아마 나르키소스처럼 잔잔한 물을 찾아가야 했을 거야. 원시 시대 사람들도 아마 맑고 고요한 연못 같은 곳에 자신의 모습을 비춰 보았을 것 같아. 그러니까 물이 거울의 기원인 셈이지. 그 후 기원전 고대 이집트에서는 구리를 매끈하게 갈아 거울로 썼다는 기록이 있고, 또 돌을 매끄럽게 갈아서 쓰기도 했다지만, 분명 지금처럼 맑은 거울은 아니었을 거야. 지금 우리가 사용하는 유리 거울은 1835년경 독일의 화학자 유스투스 폰 리비히가 발명했다고 하니, 아주아주 긴 시간을 기다려야 했던 거지.

조금 전에도 말했듯이 내 기억 속에 자리한 첫 번째 거울은 『백설 공주』 속의 말하는 거울이야. "거울아, 거울아, 이 세상에서 누가 제일 예쁘니?"라고 왕비가 물으면, 나는 왕비의 거울과 똑같이 "백설 공주님입니다."라고 말하곤 했지. 동화에 나오는 마법의 물건이 만약 요술 반지나 요술 지팡이 따위였다면 난 그토록 마음을 뺏기진 않았을 것 같아. 거울처럼 사물을 그대로 되비쳐 주는 물건은 흔치 않으니까 말이야. 거울의 이런 점 때문에 거울 보는 일은 늘 새롭고 또 때로는 두렵기도 했나 봐.

조금 더 자라서 소녀가 되었을 때, 거울은 미래를 점쳐 보는 예언의 물건이 되었어. 한밤중에 칼을 물고 거울을 보면, 먼 훗날 연인이 될 사람의 얼굴이 거울에 나타난다는 말을 믿고 있던 때였거든. 심장이 강한 친구들 중 누구는 진짜 봤다는 소문이 돌기도 했어. 나도 용기를 내 보긴 했지. 물론 실패했지만. 왜냐하면 엄마에게 들켜서 칼을 물지 못하거나 열까지 다 세면 귀신을 볼까 봐 겁나서 숫자를 다 세기 전에 거울 앞을 떠나 버리곤 했거든. 하지만 지금까지도 즐거운 추억으로 남아 있긴 해. 아무튼 이런 괴담을 믿고 따라 하는 것도 우리가 모두 거울이라는 물건에 신비함을 느끼고 있기 때문이 아닐까.

그럼 거울이 자아내는 신비로운 느낌은 어디에서 비롯되는 걸까? 거울 속에 비친 사물의 모습은 신기루처럼 사라질 것 같기도 하고, 손에 잡힐 듯 선명하기도 해. 거울 앞에 서면 나와 또 다른 내가 서로 마주하고 있다는 생각도 들고 말이야. 그런데 어떤 날은 참 이쁘게 보이다가도 또 어떤 날은 마음에 들지 않아 고개를 휙 돌려 버릴 만큼 미워 보여. 나는 늘 똑같은데 거울 속의 나는 왜 매번 달라 보이는지. 꼭 변덕쟁이같이.

이처럼 신비로운 느낌을 그림으로 그려 놓은 화가가 있어.

파블로 피카소, 〈거울 앞의 소녀〉
1932년, 캔버스에 유채, 162.3×130.2cm, 미국 뉴욕 현대 미술관

이 화가에게도 거울을 보는 것은 신비로움을 만나는 은밀한 시간이었던가 봐.

마음을 보여 주는 거울

한 소녀가 거울 앞에 서 있어. 그런데 그림이 정말 이상하지 않아? 거울에 비친 모습이 거울 바깥의 실제 소녀와 전혀 다르잖아. 거울은 사물을 똑같이 비춰 주는 물건인데 말이야. 화가의 상상력이 너무 지나친 건 아닐까, 고개를 갸웃거리며 조금 더 들여다봐.

희한하게도 거울 밖에 서 있는 소녀의 표정마저 한 가지가 아니야. 연보랏빛 얼굴은 소녀의 옆모습을 그린 거지만, 그 오른쪽에 붙어 있는 노란색 얼굴은 정면을 향한 모습이잖아. 서로 다른 쪽에서 바라본 얼굴을 나란히 결합해 놓아서 어색하고 불안한 느낌이야. 가만 생각해 보니 나도 저렇게 여러 가지 표정을 감추고 있던 적이 많은 것 같아. 게다가 그림에는 또 다른 얼굴 하나가 더 있어. 바로 거울 속의 얼굴이야. 거울을 보는 사람은 소녀 한 명인데 얼굴 모습은 세 가지라니! 진짜 마술 거울이거나 4차원 거울은 아닐까 혼자 즐거운 상상도 하게 돼.

이 신기한 그림을 그린 사람은 스페인 출신의 화가 파블로 피카소(1881~1973)야. 누구나 그의 몇몇 작품 정도는 알고 있을 만큼 대단한 화가지. 그가 작품에서 보여 준 끊임없는 실험 정신과 독창성은 전 세계를 매료시켰고, 그런 이유에서 그는 20세기 미술의 거장으로 불리고 있잖아. 피카소는 화가인 아버지에게서 처음 그림을 배웠는데, 어린 나이에 아버지를 능가하는 실력을 발휘했대. 그 재능을 알아본 아버지는 그 뒤 붓을 잡지 않고 아들의 미술 교육에만 전념했다는 일화가 있어.

피카소는 서양화의 전통적인 원근법을 무시하고 새로운 조형 방식을 만들어 냈어. 대상을 다양한 각도에서 보고 해체한 뒤 그것을 재구성하여 화폭에 배치하는 거였지. 하나의 화폭에 사물의 앞모습과 뒷모습을 모두 담고 싶다는 화가의 의도에 따라 〈거울 앞의 소녀〉도 그런 방법으로 그린 거야. 그러다 보니 대상의 위, 아래, 옆 모습 등이 한 그림 안에 공존하는데, 이것을 '입체주의'라고 해. 피카소가 사물을 이렇게 다각적으로 표현해 준 덕분에 그림을 보는 우리도 감겨 있는 마음의 눈을 열게 되는 것 같아. 어쩌면 하나의 관점으로만 사물을 보는 건 온전하게 보는 방식이 아닐 거라는 생각도 하게 돼.

〈거울 앞의 소녀〉에서 소녀는 자기 얼굴을 보려고 거울 앞에 선 건 아닐 거야. 거울 속에 비친 자기 얼굴을 주시하고는 있지만, 실은 내면에 숨겨진 복잡한 마음을 바라보고 있는 것 같아. 무엇보다 거울에 비친 얼굴이 거울 밖의 얼굴보다 표정이 더 다양하다는 점이 눈길을 끌어. 이마 위의 초록색과 붉은색 자국들, 커다란 눈물방울처럼 눈에 매달린 붉은 덩어리는 소녀의 마음에서 나온 것들일 거야. 친구들 앞에서는 아닌 척 웃었지만 마음속에는 차마 하지 못한 이야기들이 쌓여 있을 때. 그럴 때 거울을 보면 피카소의 그림처럼 여러 가지 표정의 내가 보이잖아. '괜찮아.'라고 말하는 얼굴과, 눈물이 맺힌 얼굴과, 또 그보다 더 깊이 감춰진 얼굴이 동시에 나타나는 거야. 그

건 오직 나에게만 보이는 얼굴, 내가 보고자 할 때 거울이 보여
주는 얼굴일 거야. 그래서일까. 소녀는 거울 속의 소녀인 자신
을 보듬으려는 듯 거울을 꼭 붙잡고 있어. '거울아 거울아' 이
렇게 속엣말을 하면서 거울에게 무슨 말을 건네려는 순간 같기
도 해.

　과연 피카소라는 이름에 걸맞은 그림이야. 개성이 넘치고
새로운 관점을 열어 주는 작품이잖아. 그런데 난 피카소에게
또 놀란 일이 있어. 피카소가 말년에는 글을 썼다는 거야. 소
설도 평론도 자서전도 아닌 바로 시를 썼다고 해. 아내의 죽음
을 계기로 글을 쓰기 시작해 20여 년간 4백여 편의 작품을 썼
다고 하니, 이쯤 되면 시인 피카소라고 해도 틀린 말이 아닐 것
같아.

　몇 해 전 피카소의 시집이 나왔을 때 그의 시가 하도 궁금
해서 나도 한 권 사서 읽어 보았어. 선과 색채 대신 언어로 그린
입체파라고 하면 내 느낌이 전해질까. 창의적이고 환상적이며
난해한 시들은 그림과 똑같이 피카소다워서 실은 이해하기가
좀 어려웠어. 시든 그림이든 하기로 마음만 먹으면 자신의 세
계를 우뚝 세우는 피카소는 가장 많은 작품을 남긴 화가로 기
네스북에 오르기도 했으니, 천재라는 호칭이 정말 아깝지 않은
사람임에 틀림없어.

　그렇다면 이 작품에 걸맞은 시도 한 편 읽어 봐야겠지? 새
롭기로 따지자면 결코 피카소의 작품에 뒤지지 않는 시야.

　┌ 사물의 기억, 세상의 약속

거울

이상

거울속에는소리가없소
저렇게까지조용한세상은참없을것이오

거울속에도 내게 귀가있소
내말을못알아듣는딱한귀가두개나있소

거울속의나는왼손잡이오
내악수를받을줄모르는ㅡ악수를모르는왼손잡이오

거울때문에나는거울속의나를만져보지를못하는구료마는
거울아니었던들내가어찌거울속의나를만나보기만이라도했
겠소

나는지금거울을안가졌소마는거울속에는늘거울속의내가있소
잘은모르지만외로된사업에골몰할게요

거울속의나는참나와는반대요마는
또꽤닮았소
나는거울속의나를근심하고진찰할수없으니퍽섭섭하오

거울 속의 또 다른 나

피카소의 그림을 시로 옮긴 듯해. 아니, 피카소가 자신의 그림을 시로 표현했다면 아마 이 시와 비슷하게 썼을지도 모르겠어. 무슨 내용인지 의미도 잘 파악되지 않는데 띄어쓰기까지 무시했으니 읽는 것조차 쉽지가 않아.

이 시를 쓴 이상은 전통적인 서정시의 형식과 규범을 모두 벗어던지고 시의 형식과 내용 면에서 새로운 시도를 많이 한 시인이었어. 어느 정도였느냐 하면, 그가 「오감도」를 신문에 연재할 때 독자들이 무슨 개수작이냐, 무슨 미친놈의 잠꼬대냐, 이런 거친 비난과 항의를 쏟아붓기까지 했대. 「오감도」 연작시는 그때까지 나온 시들과는 너무 달랐거든. 그래서 15회만에 연재를 중단해야 할 정도였지. 그의 시들 중에는 이 시에서처럼 띄어쓰기를 하지 않는 등 기존의 언어 규범을 파괴한 작품이 많고 내용이 모호하고 난해해서 지금도 그의 작품을 둘러싸고 여러 가지 해석과 의견이 분분해.

이상의 실험적이고 전위적인 시들 중에서 「거울」은 그나마 양호한 편이야. 화자의 생각을 찬찬히 짚어 가며 읽으면 속뜻을 짐작할 수 있으니까. 「거울」 속의 시적 화자는 거울에 자기 모습을 비춰 보는 중이야. 피카소 그림의 소녀처럼 보이지 않는 것을 보고 싶었던가 봐. 아직은 아무도 알아채지 못하고 들키지 않았지만, 마음이 자꾸 말을 하고 있는 건 아닐까.

그래서 거울을 사이에 두고 나와 마주 서게 된 날, 거울 속에 숨어 있던 내 얼굴이 보이는 거야. 둥글넓적한 뺨이 먼저 눈에 들어오고, 어깨를 살짝 가리는 단발머리가 보이고, 활짝 웃

「 사물의 기억, 세상의 약속

지 못하는 어색한 입도 보여. 눈을 한번 찡그려도 보고 나를 보며 환하게 웃어도 보고. 그런데 문득 낯선 느낌이 들어. 하루에도 몇 번씩 보는 나인데 그 안에 이런 생소한 표정이 있구나. 저 표정은 내가 어떤 기분일 때 짓는 걸까.

곰곰 생각하며 〈거울 앞의 소녀〉처럼 거울을 향해 팔을 뻗어 봐. 거울 속의 나도 바깥을 향해 팔을 쭉 내밀어 줘. 하지만 우린 서로 악수할 수가 없어. 이 상황을 시인은 "악수를 모르는 왼손잡이"라고 했어. 그 순간 화자는 거울 속의 세계를 바라보며 단절감을 느끼게 된 거야. 악수를 하지 못할 뿐만 아니라 거울 속의 나는 "딱한 귀"를 가지고 있어서 아무리 크게 소리쳐도 알아듣지 못한다고.

모든 물체를 정반대로 비추는 거울의 특성상 그럴 수밖에 없는데도, 이를 보는 화자의 마음은 무척 안타까운가 봐. 그렇지만 화자는 거울이 아니었더라면 나 자신을 만나지도 못했을 거라며 스스로 작은 위로의 말을 던져. 거울은 이처럼 나와 나를 단절시키면서 동시에 나를 만나게 해 주는 두 가지 특성을 지닌 물건이었던 거야. 피카소의 그림 속 소녀가 긴 팔을 뻗어 거울을 꼭 붙잡고 있는 심정도 이런 것이겠구나 싶어. 거울 속에 비친 나를 쓰다듬어 주고 다독여 주고 싶은데, 결코 닿을 수 없기에 안타까운 심정 말이야. 아니면 거울을 마주한 채 만난 또 다른 내가 사라져 버릴까 두려워서, 그렇게 꼭 그러쥐고 있는 걸까.

그림의 소녀나 시의 화자는 자신의 얼굴이 타인처럼 낯설었기에, 오른쪽으로도 돌려 보고 왼쪽으로도 비춰 보았을 것 같아. 누구나 다 보고 있는 얼굴 속에 가려진 표정과 숨어 있는 자아. 한편으로는 불안이 가득하고 다른 한편으로는 눈물을 흘리는 복잡한 얼굴이 그림 속에 함께 있듯이 시인의 거울 속에도 나오는 정반대이면서 또한 꽤 많이 닮은 내가 같이 있는 거였어.

거울은 사람의 겉모습뿐 아니라 영혼과 마음을 비추어 준다는 믿음을 지녔던 화가와 시인 덕분에, 거울을 보는 새로운 눈을 하나 더 얻은 것 같아. 그리고 내가 어릴 적 마법의 거울에게 꼭 물어보고 싶었던 말도 다시 떠올려 보았어. 그건 "거울아, 거울아, 난 커서 어떤 사람이 될 것 같니?"였거든. 이제는 어른이 되어 버려 이렇게 물어볼 마법의 거울 같은 건 필요 없어졌지만, 〈거울 앞의 소녀〉처럼 커다란 거울을 세워 두고 내 마음속을 자주 비춰 보면 좋겠다는 생각이 들어. 오늘은 거울 앞에 서서 마음속에 아껴 둔 질문을 하나 꺼내 볼까 봐. 내 방의 거울이 실은 마법의 거울인지도 모르잖아.

나를 위로해 줄 사람이 아무도 생각나지 않
을 때나 양동이 가득한 물처럼 아슬아슬 넘
실대는 마음일 때, 아픔이 짙은 소설책들은
어지러운 내 생각을 지긋이 눌러 주곤 했어.
책은 말없이도 나를 다독여 주고 귀 없이도
내 얘기를 들어 주는 것 같았지.

작지만 큰 세상, 서재

장한종 〈책가문방도〉
이선영 「나의 독서」

나는 유난히 책에 욕심을 내곤 해. 책이 이 방 저 방 가득 쌓였는데도 좋아하는 작가의 새 책이 나오면 또 사고 싶어서 마음이 달아. 책이 많은 도서관이나 서점에 가는 날엔 정말 기분이 좋은데, 책 냄새로 가득한 곳에 있으면 왠지 힘이 나거든.

나를 위로해 줄 사람이 아무도 생각나지 않을 때나 양동이 가득한 물처럼 아슬아슬 넘실대는 마음일 때, 아픔이 짙은 소설책들은 어지러운 내 생각을 지긋이 눌러 주곤 했어. 책은 말 없이도 나를 다독여 주고 귀 없이도 내 얘기를 들어 주는 것 같았지. 그래서 내가 읽은 책들이 가지런히 꽂힌 책꽂이를 보면 편안해지나 봐. 좋아하는 작가나 유명한 학자들의 서재가 궁금해지는 것도 다 그런 이유인 듯해. 그들은 어떤 책을 읽으며 생각을 키웠고 어떤 방에서 그토록 멋진 글을 썼을까 하고.

그러던 어느 날 책을 읽다가 내가 제일 좋아하는 시인의 서재를 사진으로 보게 되었어. 그 순간 얼마나 기분이 좋았던지.

폴란드에 사는 그 시인의 이름은 '비스와바 쉼보르스카'야. 1996년에 노벨 문학상을 받았고 2012년에 세상을 떠난 이 할머니 시인에 관해선 시집 말고는 알려진 게 많이 없어 늘 궁금했어. 그런데 사진으로 그 시인의 방을 보게 될 줄이야.

시인은 한쪽 벽과 책상을 배경으로 앉아 있었어. 시인의 맑은 눈빛을 고스란히 담아낸 그 사진에서 나는 한동안 눈을 뗄 수가 없었지. 나는 시인뿐 아니라 그를 둘러싸고 있는 배경까지 찬찬히 둘러보았어. 책장에 빼곡히 꽂힌 책들이 내 눈길을 끌었지. 내가 읽지 못하는 폴란드어로 쓰여 있는데도 말이야. 어떤 종류의 책을 좋아하는 걸까? 시인은 얼마나 많은 책을 갖고 있을까? 이런저런 궁금증이 생겼어. 평소 좋아하던 작가의 서재를 보고 있다는 사실이 감격스럽게까지 느껴졌어. 그다음부터 그의 시를 읽을 때면 그 방이 늘 떠올랐어. 이 시도 그 책상에 앉아 썼겠구나, 책상 위로 비치던 폴란드의 햇살이 이 시에 담겼겠구나 하고. 혼자만의 기쁨이지만 난 시인과 더욱 가까워진 듯한 착각까지 들었어.

어떤 이의 서재를 보는 것은 그 사람의 머릿속을 보는 것과 같다고 생각해. 무엇에 관심이 있는지, 어떤 지식을 먹고 생각의 키를 키웠는지 알 수 있거든. 그래서 우리나라의 옛 선비들도 서재를 매우 소중히 여겼어. 그들은 서재 이름을 짓는 일조차 함부로 하지 않고 자신이 추구하는 가치관을 담아서 이름 붙였지. 서재 이름이 곧 그 사람을 대신하기도 했어. 다산 정약용의 '여유당'이나 추사 김정희의 '완당'이 다 서재 이름이었다고 해.

서재가 얼마나 중요한 공간인지 이런저런 이야기를 하고 나면, 난 다른 이들에게 책이 있는 내 방을 보여 주기가 좀 부끄러워져. "에계, 겨우 이거야?" 하는 말을 들으면 어떡해. 누가 내 방으로 들어서는 순간, 내 독서의 수준이나 독서량을 알아챌 것만 같아서 말이야. 서재란 그래서 가장 개인적이고 내밀한 공간이라고 할 수 있어.

서재에서는 책을 통해 다른 이의 생각을 만나고, 다른 세상을 꿈꾸고, 자신의 부족함을 깨닫게 되지. 그러니 옛 선비들이나 작가들, 또 책을 좋아하는 이들이 좋은 서재를 꿈꾸는 건 당연한 일일 거야. 난 아직 서재라고 할 만한 방을 갖지 못해서 늘 불평해. 하지만 언젠가는 내가 읽은 책들로만 가득한, 나만의 서재를 꼭 마련하고 싶은 꿈이 있어. 그날이 올 때까지는 사진 속 할머니 시인의 서재와 옛사람들이 꿈꾸던 서재를 보며 아쉬움을 달래야 할까 봐.

선비들의 서재

생김새를 보니 액자에 넣은 그림은 아닌 것 같지? 조각조각 붙여진 것이 여덟 개나 되는 8폭 병풍이라고 해. 그런데 참 희한한 병풍이야. 우리가 흔히 보는 병풍의 그림과는 좀 달라. 산과 강의 풍경이나 꽃과 곤충, 좋은 내용의 글귀를 적은 병풍은 많이 봤지만 책장을 그린 병풍은 처음 보는 것 같아. 이 병풍을 쫙 펼쳐 놓으면 그대로 서재가 만들어질 듯한데, 대체 누가 왜 이런 그림을 병풍에 그렸는지 궁금해지지 않니? 그 사연을

장한종, 〈책가문방도〉
19세기 초, 종이에 채색, 8폭 병풍, 195×361cm, 경기도 박물관

알자면 조선 후기로 거슬러 올라가야 해.

　조선의 22대 왕 정조에 대해 들어 본 적이 있을 거야. 그는 지독한 책벌레로 유명했어. 나랏일로 바쁜 와중에도 책 읽기를 게을리하지 않았지. 그는 "비록 책을 읽을 수 없다 하더라도, 서재에 들어가 책을 어루만지기만 해도 기분이 좋아진다."고 했을 만큼 책을 좋아했대.

　그래서인지 정조는 당시 최고의 궁중 화원(畵家)들에게 책을 그린 그림, 즉 책가도(冊架圖)를 주문하기에 이르렀어. 그러고는 그 책가도를 옥좌 뒤에 세워 두었대. 예부터 궁궐의 옥좌 뒤에 두던 〈일월오봉도〉라는 병풍 대신 책가도 병풍을 둔 거지. 정조는 이렇게 해서라도 독서에 대한 갈증을 풀고, 공부하지 않는 신하들에게는 경각심을 일깨워 주려는 목적으로 그랬다고 해. 학문과 문화 분야에서 다방면으로 큰 발전을 이룬 왕답게 책에 대한 사랑이 남다르지? 책가도는 이런 정조에 의해서 시작되고 발전한 거야.

　앞에서 본 병풍은 궁중 화원 장한종이 그린 책가도인데 현존하는 책가도 중에서 작가를 알 수 있는 작품으로는 가장 오래된 것이래. 칸칸마다 책들이 많이 쌓여 있어서 바라보는 마음이 즐거워. 정조가 책가도를 세워 두고 보는 마음도 이런 거였겠지.

　책뿐만 아니라 이런저런 골동품과 꽃, 선비들이 항상 가까이 두고 벗처럼 아꼈다는 문방사우(붓, 먹, 벼루, 종이)도 많이 있어. 책가도에는 책만 그린 게 아니라 이 병풍에서처럼 여러 가지 물건을 책과 책 사이에 조화롭게 장식하곤 했거든. 특히 이 병풍에는 모양도 다르고 쓰임새도 달라 보이는 도자기가 군데군데 그려져 있어서 주인의 취향과 당시에 어떤 것들이 유행했는지 살짝 엿볼 수도 있어. 조선 후기 왕실과 양반 계층에서는 청나라 도자기 수집이 유행이었다고 하니까.

　임금이 책과 책가도에 관심을 보이자 양반들도 그 뜻을 따르게 되었고 나중에는 평민들 사이에까지 널리 퍼졌어. 화원을 뽑는 시험 문제로 책가도를 그리게 할 정도여서, 최고 화원이었던 김홍도도 책가도를 그렸다고 해. 이런 분위기에서 이름 없는 화가들까지 책가도를 그리면서 책가도의 크기와 형식은 점점 다양해졌어. 아무래도 양반집보다 방이 작은 평민들에게는 크기가 작은 병풍이나 두루마리 걸개 형식의 책가도가 적당했을 거야. 또 그림 속의 물건에도 변화가 생겼어. 책과 함께 일상 생활용품이 등장하게 돼.

　이런 점으로 미루어 보면 저 책가도 병풍은 양반집 서재에 자리 잡았을 것 같아. 책이 귀한 시절에 저 많은 책을 가진 것으로 봐서나 8폭이나 되는 병풍을 놓을 큰 방이 있는 것으로 미루어 그런 추측을 하는 거야. 멋진 책가도를 등 뒤에 쫙 펼쳐 놓고 앉아 있었을 저 방의 주인이 참 부러워. 책상 위의 책 냄새, 종이 냄새와 먹의 향기가 책가도 위로 켜켜이 쌓여 가는 서재를 가졌으니 말이야. 하지만 서재만 가졌다고 영혼의 키가 저절로 커지고 생각의 두께가 나날이 두꺼워지지는 않는다는 걸 우린 잘 알지.

나의 독서

이선영

　　도스토예프스키『죄와 벌』조셉 콘라드『로드 짐』밀란 쿤데라『참을 수 없는 존재의 가벼움』무라카미 하루키『상실의 시대』알랭 드 보통『로맨스』베르나르 베르베르『타나토노트』마르그리트 뒤라스『이게 다예요』박상륭『죽음의 한 연구』송대방『헤르메스의 기둥』이인화『영원한 제국』은희경『새의 선물』『프리다 칼로 평전』바타이유『에로티즘』고리키『어머니』니콜슨 베이커『페르마타』미치 게이너『소설』마르케스『콜레라 시대의 사랑』

　　나는 내가 읽는 책들이 내 영혼에 속속들이 배어들기를 원했다 내 영혼이 책에 고루 절여진 배춧잎들이 되기를 그러나
　　훌훌 술술 허공을 넘기는 책장을 따라가다 마침내 책이 끝나는 곳에서 휘이익 날아간,

　　책장들이 다 훑어간,
　　글자들이 콕 콕 찝어간,

　　내 영혼

　　여전한 것은 나의 육체, 이 무게, 이 안녕, 이 탐욕

책이라는 메마른 종잇장들에 좀처럼 길들지 않으려는 내 육체

번성하는 이 육체보다 늘 모자란

나의 독서

나 를 키 우 는 책

이번엔 그림이 아니라 글로 쓴 책가도쯤 될까. 시의 1연은 책꽂이 한 칸을 그대로 옮겨 놓은 것 같아. 아마 시인이 읽고 꽂아 둔 책들일 거야. 제목을 읽으며 세어 보니 열일곱 권이나 돼. 이 중에서 내가 읽은 것과 겹치는 책이 여러 권 있는 걸로 봐서 시인의 취향이 나하고 꽤 비슷한 것 같아. 특히 『콜레라 시대의 사랑』은 내가 재밌게 읽고서 친구들에게 권한 책이라 반가운 마음까지 들었어.

같은 책을 읽었다는 이유만으로 만난 적도 없는 시인이 가까운 사람처럼 느껴지고, 그 책을 앞에 두고서 시인과 이야기를 나누어 보고 싶어져. 그리고 아직 내가 읽어 보지 못한 책들에 대해서는 재밌는지 물어보고 싶기도 해. 그러고 나니 시인의 책꽂이가 더 궁금해져. 옆 칸에는 또 어떤 책들이 있을까, 혹시 내가 좋아하는 우주나 별에 관한 책은 없을까, 내게 추천하고 싶은 책이 있다면 어떤 걸까……. 이런 생각들이 줄줄이 이어지네.

그런데 시인은 왜 이렇게 책을 늘어놓았을까? 도서 목록도 아니고 단순히 책 자랑을 하려던 것은 아닐 텐데. 짧은 시의 대부분을 작가와 책 제목으로 채워 놓은 이유가 궁금하지 않니?

그건 아마도 정조가 책가도를 그리라고 한 마음과 비슷하지 않을까. 정조가 책가도를 볼 때마다 책을 읽고 견문을 넓히겠다고 마음먹었듯이 시인은 책을 통해 자신의 영혼이 맑고 깊어지길 바랐다고 했어. 김치 담글 때 소금에 배춧잎이 절여지듯, 책속의 글들에 자신의 영혼이 푹 절여지길 원했어. 시를 쓰는 시인이니까 좋은 글을 쓸 수 있는 깊은 생각을 갖고 싶었다는 말일 거야.

하지만 시 속의 목소리로 짐작건대 그가 생각한 대로 잘되고 있는 것 같지는 않아. 내가 읽은 이 책들은 다 무엇이 되고, 어디로 갔나. 왜 내 몸이 키워 내는 고통보다 독서는 늘 모자라는 것인가. 시인은 자신의 삶을 향기롭게 하고 싶어 책을 읽는데, 아직 그렇지 못한 것 같아 속상해하고 있어. 실은 시에 나열한 것보다 훨씬 더 많은 책을 시인은 읽었을 거야. 그래도 늘 삶의 정답을 알 수가 없고, 욕망과 탐욕은 줄어들지 않고, 영혼은 점점 더 메말라 가는 듯해서 고민하고 있어. 책을 덮으면 바로 휘이익 날아가는 생각들……. 어쩜 이런 것까지 나와 같은지. 그렇다고 시인이 독서를 멈출 것 같진 않아. 이런 고민들이 자신을 더욱더 성장시킨다는 것을 시인은 누구보다 잘 알고 있을 테니까 말이야. 자신에 대해 고민할 수 있는 기회를 주는 것도 책이 주는 기쁨이라는 생각이 들어.

그러므로 이런 책들이 가득한 서재는 우리가 눈으로 만나는 세상보다 훨씬 큰 세상이 되는 것 같아. 시간과 공간의 제약이 없는 그야말로 무한대의 세상이야. 신화의 세계든 역사의 세계든 미래의 세계든 어디라도 찾아갈 수 있고, 해리 포터나

빨강머리 앤도 친구로 불러낼 수 있는 희한한 세상이지. 게다가 요즘은 이북(eBook)이라는 게 있어서 한꺼번에 많은 책을 스마트폰이나 전자기기에 넣어 가지고 다닐 수 있잖아. 그야말로 서재를 통째로 들고 다니는 셈이야. 책가도를 걸어 두었던 옛 선비들이나 정조가 오늘날의 이런 모습을 본다면 얼마나 놀랄까 상상하니 웃음이 나.

지금은 그 어느 때보다 책이 많은 시대이고 책을 구하기도 쉽지만, 옛 선비들처럼 책을 어렵게 한 권씩 구하고 읽어서 자신의 서재를 채우면 남다른 애정이 깃들 것 같아. 그래서 평생 책을 읽고 모으면서 후손 중에 학문을 좋아하는 학자가 나타나길 바라던 옛사람의 마음이 특별히 소중하게 느껴지나 봐. 사람이 만들었지만 또한 더 큰 사람이 되도록 만들어 주는 책이야말로 가장 밝은 햇살이 아닐까. 그 햇살을 쬐고 초록 싹처럼 내가 자라고 세상이 커 가니까. 훗날 나도 온 세상이 다 들어 있는 나만의 서재를 갖게 된다면 예쁜 책가도 하나 걸어 두어야겠어. 그런 날이 얼른 왔으면 좋겠네.

보고 싶은 사람보다
보고 싶은 풍경이 있는데도
그저 붙잡혀 있는 그런 날.
마음의 나침반이 향하는 곳의 지도를 펼치는 날이지.

땅의 숨결을 담은 옛 지도

작가 미상 〈전주 지도〉
황동규 「옛 지도」

꼭 한 번 여행해 보고 싶은 곳이 있니? 다른 나라 사람들의 삶이 궁금해서 낯선 나라 이름과 도시 이름을 외워 본 적은 없어? 난 어릴 때부터 유난히 외국에 대한 호기심이 많았어. 그래서 세계 지도와 지구본을 무척 좋아했지. 살짝 기울어진 지구본을 빙그르르 돌리다가 손가락으로 딱 찍어 멈춘 곳, 그곳의 이름과 위치를 가늠해 보는 놀이는 언제나 재미있었어. 아프리카나 남아메리카 어딘가에 지구본이 멈춘 날이면 내 머릿속은 온종일 바쁘고도 즐거웠어. 그곳은 얼마나 멀까? 예쁜 풍경이 있을까? 사람들은 어떤 음식을 먹을까? 동그란 지구본은 내게 끊임없는 호기심을 안겨 주었지. 그래서인지 지도란 꿈을 꾸게 하는 멋진 그림 같다는 생각이 들어.

지구본에 비하면 요즘의 지도들은 놀라움 그 자체야. 거리를 촬영해 사진으로 보여 주니, 지도만 봐도 내가 진짜로 그곳에 있는 느낌이야. 난 워낙 길치여서 낯선 곳을 찾아갈 때면 인터넷 지도로 주변을 미리 둘러보곤 해. 그러면 길을 덜 헤매니까. 세상이 정말 편해진 것 같아. 오랜만에 가족들과 맛있는 음식을 먹으러 갈 때도 '맛집' 지도를 찾아보고 쉽게 고르기도 하잖아. 그리고 더 멀리 해외여행을 갈 땐 지도가 더욱 그 힘을 발휘하지. 낯선 글자 낯선 말로 길을 물어보지 못하는 상황에서도 인공위성 지도를 펼치기만 하면 목적지를 찾아갈 수 있으니까. 과학 기술이 발달하면서 지도는 우리 생활과 더욱 가까워졌어. 언제든 바로 지도를 받아 볼 수 있고, 지하철 노선도라든가 놀이공원 안내도 등 필요한 지도를 손쉽게 얻을 수 있지.

그런데 한편으로는 좀 아쉬운 기분도 들어. 길을 찾으려고 두리번거리다가 작은 골목길을 만나는 일, 그 골목길 담장에 핀 작은 채송화가 사람보다 반가워서 놀라는 일, 두리번거리고 있을 때 우연히 나를 불러 주는 골목길 할머니와 만나는 일들이 없어져 버렸거든. 시간을 아끼고 헛걸음하지 않는 것은 좋지만, 어쩌면 사소한 여유와 상상의 시간을 잃은 건 아닐까. 그래서인지 옛 지도를 보면 사실과는 좀 다른 면이 재미를 주고, 지도를 그린 이의 마음이 느껴지나 봐.

서울 도성 안의 거리를 사람의 걸음 수로 나타낸 지도가 있다는 말을 들었을 땐 정말 궁금했어. 우리 집에서 남산까지는 몇 걸음일까 나도 직접 걸어 보고 싶어졌어. 그리고 얼마나 운치가 있니? 그 사람의 발걸음 수와 내 발걸음 수도 비교해 보고, 그 사람의 걸음 폭이 나보다 얼마나 큰지 작은지도 헤아려 보고. 수백 년 전, 서울의 거리를 걸었던 낯모르는 사람을 떠올리면서 말이야.

우리나라 최초의 세계 지도이면서 지금까지 남아 있는 우리나라 지도 가운데 가장 오래된 〈혼일강리역대국도지도〉는 또 어떻고. 이 지도에는 유럽과 아프리카가 잘 알아볼 수도 없게 그려져 있고 일본보다 우리나라가 훨씬 크게 그려져 있어. 이건 지도의 정확성 측면에서 보면 잘못된 게 분명하지만, 어떤 마음으로 이렇게 그렸을지 상상하면 참 재밌고 유쾌하기까지 해. 그 당시 지도를 만들던 사람들이 중국과 일본을 어떻게 바라보았는지 알 수 있거든.

그런데 이번에 보여 줄 옛 지도는 감탄사가 절로 나올 만큼 아름다워. 그저 보는 걸 넘어서, 아예 지도 속으로 들어가 발로 걷고 숨을 크게 들이쉬며 냄새까지 맡고 싶을 정도니까.

봄의 땅기운까지 느껴져

이 지도는 전주성 일대를 한 폭의 산수화처럼 묘사했어. 지도 속의 마을에서 산책을 하고 싶을 만큼 참 평화롭고 따뜻한 느낌이야. 전주성을 높은 곳에서 내려다보는 시선으로 그려 놓았지. 지도라는 이름을 붙이지 않았다면 산수화라고 믿어 버렸을 거야. 화사한 봄날의 풍경을 그린 그림이라고 해도 전혀 이상하지 않잖아. 지도라고 하면 당연히 있어야 하는 경도나 위도도 없고, 논은 이렇게 학교는 저렇게 그리자는 약속된 기호도 없어. 산이 얼마나 높은지도 알 수 없고 얼마의 비율로 줄여서 그린 것인지도 몰라. 대신에 〈전주 지도〉에는 물이 오르고 있는 나무와 옹기종기 모여 앉은 집들, 마당에 서 있는 사람들

┌ 사물의 기억, 세상의 약속

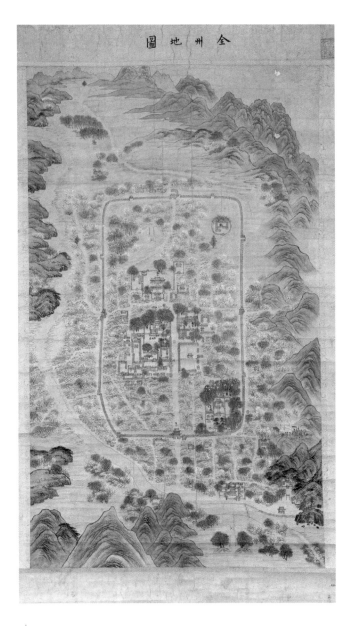

작가 미상, 〈전주 지도〉
조선 시대, 보물 1586호, 89.8×149.9cm, 서울대학교 규장각 한국학 연구원

의 모습이 있어. 마치 어느 풍경화 속의 장면처럼 말이야.

　하얀 꽃을 인 나무와 초록이 번져 가는 나무들이 저마다 봄을 맞고 있는 골목길을 봐. 저 하얀빛은 활짝 핀 목련인지 벚꽃인지 궁금하고, 저 싱싱한 연두는 가장 이른 봄에 새순이 돋는다는 귀룽나무는 아닌지 궁금해져. 정말이지 지도 속으로 쏙 들어가서 흙길을 걷고 싶어져. 가다가 우물에서 시원한 물도 떠 마시고 촉감 좋은 그늘이 있으면 털썩 주저앉아 황토빛 노을이 질 때까지 한참을 머물러 보고 싶은 그런 곳이야. 의젓하게 마을 전체를 다 안고 있는 산의 풍채는 또 얼마나 정다운지. 이 지도가 왜 회화식 지도 중에서 가장 뛰어난 작품이라는 평가를 받는지 알 것 같아. 지도를 많이 보고 지도를 좋아하지만 이만큼 내 마음을 잡아끄는 지도는 그리 많지 않았거든.

　이 지도를 보고 나서 요즘 지도를 보면, 얽혀 있는 길들과 빽빽한 지명들에 가슴이 답답해져 버려. 저 아름다운 옛 지도에서는 봄의 땅기운까지 느껴지는데 말이야. 특히 지도의 맨 위쪽, 산속으로 희미하게 사라지는 길까지 시선이 따라가다 보면 그 길 끝에 나타날 다른 고장은 어디일지 호기심이 생기고 가슴이 뛰어. 내게 '여행'이라는 말을 품게 하는 거야. 다른 세상이 있음을 알려 주고 내가 만나 보지 못한 꽃과 강이 있다는 것도 얘기해 줘. 금세 돌아오지 못한다 해도, 첩첩으로 둘러싸인 산이 있다 해도, 눈길은 자꾸 먼 곳으로만 향하고 말아.

　어딜 가든 지도가 있으면 돌아오는 길을 잃지 않을 테니 마음은 지도 한 장 챙겨 들고 당장이라도 짐을 꾸리고 싶어져. 하지만 현실은 벽에 걸린 지도 속을 거니는 것으로 만족해야 하지. 시인도 딱 그런 처지였나 봐. 보고 싶은 사람보다 보고 싶은 풍경이 있는데도 그저 붙잡혀 있는 그런 날. 마음의 나침반이 향하는 곳의 지도를 펼치는 날이지.

옛 지도

황동규

옛 지도를 넘기다 보면
그냥 들(野)이라 적힌 곳
하 전엔 그런 곳들이.
무작정 들어간다.
가슴에 차는 풀 위로
나비들이 갓 풀먹인 날개를 달고 날고 있다.
잠자리 줄지어 뜨는
숨은 못이 있어
물 속에 사타구니 담근 채
부들이 모여 수군대고
마름이 가득 떠 있다.
마름을 헤치며 개구리 하나 헤엄치고
바싹 물뱀이 따른다.
눈뜨면
그냥 들 야(野),
개구리가 먹혔는가, 안 먹혔는가?

눈 다시 감으면

개구리가 풀섶에 뛰어오른다.

뱀은?

크고 작은 삶들이 모두 촉촉하다.

되돌아보라.

증발시킬 시간마저 없는 인간들, 우리의 지금 삶!

잠시 되돌아보라.

지도에 남기고 싶은 것들

이 시를 쓴 황동규 시인의 연구실 한쪽 벽에는 커다란 우리나라 지도가 걸려 있다는 이야기를 들은 적이 있어. 여행을 좋아하는 시인은 평소에도 지도 보기를 즐겨서 그렇대. 콘크리트 빌딩에 둘러싸여 있는 갑갑한 마음을 풀고 싶을 때도 지도는 약효가 좋은 치료제가 되거든. 그래서 어느 날, 시인은 옛 지도 한 장을 펼쳐 놓고 혼자만의 여행을 꿈꾸다가 이 시의 첫 줄을 시작했을지 모르겠어.

시인이 본 옛 지도도 우리가 앞서 본 지도만큼이나 아름다웠던가 봐. 시인은 그 지도에서 산맥과 강 사이에 펼쳐진 들이 마음에 쏙 들었던 거지. 들 야(野)! 조선 시대에 그려진 옛 지도는 대부분 산천이나 지명이 한자로 쓰여 있는데, 시인이 본 지도에는 들판(野)까지 표시되어 있었나 봐.

들판이라는 말에서 초록색 공기와 바람이 시원하게 불어오는 느낌이야. 그러니 화자도 망설이지 않고 지도 속으로 "무작정 들어"갔던 거지. 화자의 마음속에는 벌써 들판이 펼쳐져 있었을 테니까. 내가 〈전주 지도〉를 보며 그 폭신한 흙길과 꽃나무의 향기 속을 걷고 싶어 한 것과 비슷한 마음일 거야. 나비와 잠자리가 풀꽃 위를 날아다니고, 작은 못에서는 개구리가 부들과 마름 사이를 헤엄치고, 또 개구리를 찾아 물뱀 한 마리가 숨어드는 곳. '들'이라는 한 글자에는 이 모든 것이 다 들어 있어.

화자가 묘사한 풍경은 아마도 어린 시절을 보낸 작은 들일 거야. 이제는 찾아가도 사라지고 볼 수 없어서, 옛 지도에서 들판이라는 말을 보는 순간 옛 기억을 떠올린 듯해. "하 전엔 그런 곳들이" 많았는데, 라고 안타까워하는 마음도 숨기지 않잖아. "증발시킬 시간마저 없는" 우리의 삶을 잠시라도 멈추고 쉬고 싶을 때 생각나는 건 고요한 자연이야. 유명 관광지나 멋진 호텔이 아니라 나를 키운 고향의 들판이라면 더더욱 좋지. 그곳에 가면 가슴팍엔 금방 시원한 물이 흐르고 고요를 담아 올 수 있을 것 같은데, 지금은 없어져 버리고 말았어. 눈을 감아야만 만날 수 있는 곳이 된 거야. 그래서 시인은 옛 지도 속에서 우연히 만난 글자 하나에 온갖 상념을 펼치고 있는 것 같아.

시를 읽으며 나도 내 고향의 들판을 보려고 눈을 감아 봤어. 감은 눈 안에 환하게 펼쳐지는 풍경은 시인의 말처럼 아직도 "촉촉"해 보였어. 내 추억의 지도 속에서는 나무 한 그루 더해지지 않고 그대로던데. 그러니 내가 지도를 그린다고 해도 이 들판을 꼭 지도 속에 남길 것만 같아. 이곳은 들판이 있던 자리였다고. 그 들판에서는 나비가 살았고 개구리와 뱀이 있었다고. 흰 눈이 하얗게 쌓일 때는 커다란 도화지 같은 들판이었다고. 어쩌면 〈전주 지도〉에 숲을 그리고 그 나무숲의 백로 떼까지 그린 사람의 심정도 이런 게 아니었을까. 되돌아보았을 때 다시 만나고 싶은 풍경을 지도에 남겨 둔 게 아닐까. 그래서 시인이 두 번씩이나 애원하듯 써 놓은 구절이 더 아프게 느껴져. "잠시 되돌아보라"는 말.

이렇게 지도를 향한 나의 애정은 새로운 곳에 대한 동경에서 시작되었고, 요즘엔 그 범위가 조금 더 넓어졌어. 지구본 바깥까지 나갔거든. 별이 가득한 별자리를 찾아보고 있지. 과학 기술의 발달이 마냥 즐거울 때가 바로 이때야. 스마트폰 어플을 사용해 내가 서 있는 하늘 위로 스마트폰을 대면 그곳의 별자리가 화면 안에 바로 보이기까지 하거든. 감탄사로는 부족할 만큼 신기해. 바위에다 별자리 지도를 새기던 선조들이 이 광경을 본다면 얼마나 놀라워할까.

그런데 더 대단한 지도는 따로 있어. 세계 최대의 3차원 입체 우주 지도가 완성됐다는 글을 봤거든. 20억 광년의 거리까지 펼쳐진 우주와 그 안에 있는 80만 개의 은하를 지도로 만든 거래. 도무지 상상할 수조차 없는 어마어마한 지도야. 이제 이렇게 멋진 우주 지도까지 생겼으니 우주인을 만나는 날도 오지 않을까. 이런 꿈을 꾸면 즐거워져. 우주라는 곳의 어느 한 구석엔 우리와 닮은 우주인이 꼭 있을 것만 같잖아.

그래서 난 지도를 미지를 향한 초대장이라고 부르고 싶어. 먼 과거부터 어둠 속의 아득한 우주까지 마음대로 시공을 넘나들 수 있는 문을 활짝 열어 주니까. 오늘은 어떤 곳에서 지붕 없는 잠을 자며 하늘을 볼지, 초대장을 한 장 골라 봐야겠어.

이브의 사과
파리스의 심판에 쓰인 황금 사과
백설 공주가 먹고 잠든 독사과
윌리엄 텔이 화살로 쏘아 맞힌 사과
만유인력을 발견하게 해 준 뉴턴의 사과
철학자 스피노자의 사과
"내일 세계가 멸망해도 한 그루 사과나무를 심겠다."
화가 세잔의 사과
시인 함민복의 사과
그리고……

세상의 유명한 사과들

알브레히트 뒤러 〈아담과 이브〉
폴 세잔 〈과일 접시가 있는 정물〉
함민복 「사과를 먹으며」

　　과일 가게에 가면 이름 모르는 과일들이 많이 보여. 모양도 색도 새로운 외국 과일들이 눈길을 끌지. 어떤 맛일지 궁금해서 갸웃거리다가 결국 장바구니에 서너 개 담아 오곤 해. 그런데 푯말에 적힌 이름을 보고, 어디서 온 녀석인지 물어보고 사오고도 나중엔 또 이름이 헷갈려서 인터넷으로 검색한 경험도 있어. 그 과일나무가 어떻게 생겼는지, 꽃은 무슨 색이고 얼마나 큰지, 언제쯤 열매를 따는지 아무것도 모르니까 이름도 잘 기억하지 못하는 것 같아.

　　언젠가 책에서 요즘 미국인의 식탁에 오른 음식들은 평균 2,400킬로미터를 여행한다는 내용을 읽은 적이 있는데, 비단 미국만 그렇지는 않을 거야. 전 세계가 하나의 생활권이 된 만큼 우리의 식탁도 세계화되었잖아. 과일만 해도 그래. 우리 집 장바구니만 열어 봐도 알 수 있지. 이스라엘 스위티와 칠레 포도가 지구를 돌아 내 손에 들어와 있어. 내가 어릴 땐 바나나도 굉장히 귀했는데, 더 새로운 과일들까지 쉽게 구하게 되면서 파인애플과 바나나 같은 과일들은 뒷전으로 밀리고 말았어. 그러니 우리 과일들 처지는 더하겠지?

특히 사과는 너무 흔해서 제대로 대접받지 못하고 있는 것 같아. 달콤하고 아삭한 사과를 통째로 한입 콱 깨물었을 때 입안 가득 고이는 단물이 얼마나 맛있는데. 흰빛부터 붉은빛 사이의 사과꽃이 가득한 사과밭에서는 누구든 발길을 멈추지 않을 수 없는데. 그리고 가을에 붉은 등이 빼곡히 켜진 듯한 사과나무들 사이에서 저녁을 맞아 보면 그 아름다운 풍경이 뇌리에서 절대 지워지지 않을 정도인데 말이야. 이런 사과 안에 참 많은 이야기가 숨어 있고 그 이야기들이 역사의 흐름과 함께해 왔다는 것을 안다면, 사과를 다시 보게 되지 않을까.

우선 인류 역사의 한 페이지를 쓰는 데 중요한 역할을 한 이브의 사과는 모르는 사람이 없을 거야. 또 그리스 신화에서 파리스의 심판에 쓰인 황금 사과도 대단하지. 이 사과 한 알이 결국 트로이 전쟁의 불씨가 되었을 정도니까. 그뿐이 아니야. 사과 하면 바로 떠오르는 유명한 사과들이 참 많아. 백설 공주가 먹고 잠든 독사과도 빠질 수 없겠지. 윌리엄 텔이 화살로 쏘아 맞힌 사과도 있고, 만유인력을 발견하게 해 준 뉴턴의 사과는 과학의 발전에 이바지한 훌륭한 사과야. 그리고 내일 세계가 멸망해도 오늘 한 그루 사과나무를 심겠다던 철학자 스피노자의 사과는 멋진 가르침을 주고 있어. 여기에 하나 더 덧붙인다면 '사과의 화가'인 세잔의 사과도 만만치 않지. 이렇듯 사과는 과학과 소설, 철학, 미술 등 여러 분야를 넘나들며 풍부한 영감을 주는 역할을 했어.

이브의 사과, 유혹의 사과

그럼 먼저 에덴동산으로 가 볼까 해. 그곳의 사과에서 기독교가 시작되었으니 말이야. 태초에 하느님이 하늘과 땅을 만든 후 진흙으로 사람을 빚어 입김을 불어 넣자 최초의 인간 아담이 생겨났어. 그리고 아담의 갈빗대를 하나 뽑아 이브를 만든 뒤, 하느님은 선과 악을 알게 하는 나무 열매만은 따 먹지 말라고 당부했지. 아담과 이브는 지상 낙원에서 행복한 나날을 보냈어. 그러나 선악과를 먹어 보라는 사악한 뱀의 유혹을 뿌리치지 못한 이브는 결국 먹음직스럽고 탐스런 사과를 따 먹는 인류 최대의 사건을 만들고 말았지. 이브는 아담에게도 맛있는 사과를 주었어. 그러니 어쩌겠니? 하느님의 명을 어겼으니 벌을 받아야지. 그렇게 아담과 이브는 에덴동산에서 쫓겨나는 신세가 됐어.

이 이야기는 시대를 이어 오며 많은 예술가들에게 작품의 원천이 되어 주었어. 우리가 잘 아는 미켈란젤로만 해도 사과를 따 먹고 에덴동산에서 추방당하는 장면을 시스티나 성당의 천장에 남겨 놓았잖아. 사과는 아담과 이브만 유혹한 게 아니라 화가들의 마음까지 다 유혹하고 만 것 같아. 그 수많은 그림들 중에서도 난 유독 이 그림이 마음에 들어. 얼른 따 먹고 싶을 만큼 빨갛고 윤기가 나는 사과. 아름다운 아담과 이브에게 꼭 어울리는 사과 같아서.

이 그림은 두 개가 한 쌍으로 하나의 작품을 이루고 있어. 아담과 이브를 각각 그렸지. 그런데 죄인이라기보다 아름다운 청춘 남녀를 보는 기분이 들어. 단색의 어두운 배경 덕분에 더

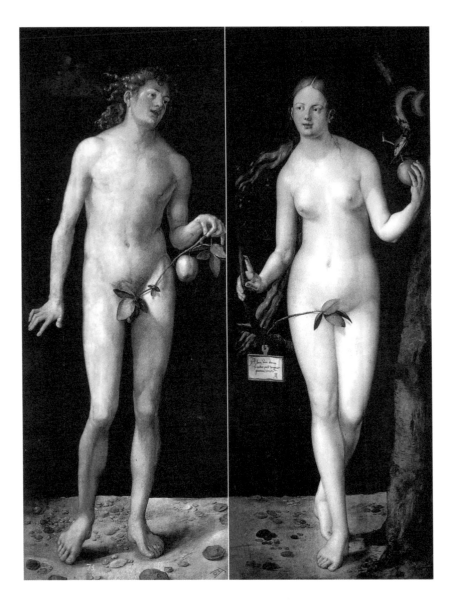

알브레히트 뒤러, 〈아담과 이브〉
1507년, 혼합 안료, 각각 209×83cm, 스페인 마드리드 프라도 미술관

빛나는 밝은 살빛에서는 생명력까지 느껴져. 벌거벗은 몸을 나뭇잎으로만 겨우 가리고도 부끄러워하는 기색이 없잖니. 아니, 오히려 사진기 앞에서 멋진 포즈를 잡는 모델 같아 보여. 그건 이 그림이 중세를 지나 르네상스 시기에 그려졌기 때문이야. 르네상스는 인간이 중심이라는 생각이 지배적인 시기였거든. 그래서 화가도 천사나 신의 모습을 그리지 않고 대신 최초의 인간인 아담과 이브를 더욱 아름답게 그린 거래.

이브의 왼쪽 어깨 위를 봐. 나뭇가지에 몸을 돌돌 만 뱀이 사과 꼭지를 입에 물고 있어. 이브에게 사과를 주면서 유혹하는 소리가 들리는 것 같아. "어서 먹어 봐. 맛있어 보이지? 이걸 먹으면 네 눈도 밝아질 거야. 자, 어서." 뱀의 속삭임에 이브의 마음이 흔들렸겠지. 에덴동산의 다른 것들은 다 먹어 봤지만 오직 이 사과만은 먹어 보지 못했으니, 궁금하긴 했을 거야. 도대체 왜 먹지 말라고 한 걸까? 호기심도 생겼을 테고. 망설이던 이브는 뱀이 주는 사과를 한 손으로 받아 들었어. 그림에서 정면을 보지 않고 아담에게로 향해 있는 이브의 눈빛은 뱀의 유혹을 아담에게로 고스란히 옮기고 있는 것 같아.

아담의 표정에서도 죄책감보다는 놀라움과 즐거움 같은 게 읽혀져. 이제 막 이브에게서 사과가 달린 나뭇가지를 받았나 봐. 꽉 움켜잡지 않고 손가락으로 살며시 쥐고 있는 모습이 아담을 더욱 기품 있어 보이게 해. 살짝 벌린 입술도 용서를 비는 게 아니라 감탄사를 쏟아 놓는 듯, 유혹을 즐기고 있는 건 아닌가 싶어. 똑같이 에덴동산에서의 추방을 그린 마사초라는 화가가 얼굴을 가린 아담과 애처롭게 울부짖는 이브를 그린 것에

┌ 사물의 기억, 세상의 약속

비하면 이 그림의 아담과 이브는 마치 춤을 추러 가는 사람들처럼 발걸음이 가벼워 보이기까지 해. 이제 곧 낙원에서 쫓겨나는 신세가 될 거라고는 믿어지지 않아.

이 그림을 그린 알브레히트 뒤러(1471~1528)는 독일이 자랑하는 화가야. 이탈리아에서 르네상스가 꽃피고 있을 때 독일의 르네상스를 대표했던 화가거든. 뒤러는 평생 동안 비례를 많이 연구했대. 이상적인 인체를 그리기 위해 남녀 모델 수백 명의 신체 부위와 비례를 관찰하고, 『인체비례론』이라는 책까지 썼어. 인체 비례를 연구하려고 아담과 이브를 많이 그렸는데, 그런 노력이 도달한 경지를 보여 주는 게 바로 이 그림이라고 해. 그래서 그림 속의 아담과 이브가 팔등신이 넘는 아름다운 비례를 뽐내게 된 건가 봐.

화가이자 판화가로 활동한 뒤러는 모두 1천여 점이 훨씬 넘을 정도로 방대한 양의 작품을 남겼어. 얼마나 열심히 그려야 그만큼 많은 작품을 남길 수 있을까 생각하면 괜히 부끄러워지곤 해. 어쨌든 뒤러는 생전에도 많은 존경을 받았고 사후에도 명성을 잃지 않았어. 뒤러가 죽은 직후 그의 제자가 뒤러의 머리칼 한 줌을 잘랐는데, 빈 아카데미에 소장된 그 머리칼은 지금도 경배의 대상이 되고 있을 정도야. 미술사에서 뒤러의 위상이 얼마나 큰지 알게 하는 이야기 같아.

이브의 사과 한 알을 생각하다 보니 또 다른 사과 이야기도 궁금해져. 프랑스 화가 모리스 드니는 인류 역사상 유명한 세 개의 사과로, 이브의 사과와 뉴턴의 사과와 세잔의 사과를 꼽았거든. 그래서 이번엔 세잔의 사과 이야기를 들어 봐야겠어.

폴 세잔, 〈과일 접시가 있는 정물〉
1879~1880년, 캔버스에 유채, 46.4×54.6cm, 미국 뉴욕 현대 미술관

세잔의 사과, 세상을 정복한 사과

프랑스 화가 폴 세잔(1839~1906)의 사과 이야기를 하기 전에 그의 삶을 조금 얘기할까 해. 그래야 세잔이 사과의 화가가 된 이유를 알 수 있거든. 세잔은 어릴 적부터 그림을 좋아했는데, 아버지가 두려운 나머지 화가가 되고 싶다는 말을 못 했대. 아버지는 세잔이 법률가나 은행가가 되어 가문을 빛내 주기를 바랐거든. 세잔은 아버지의 뜻대로 법과 대학에 진학했지만 그림을 그만둘 수는 없었어.

이런 경우엔 대부분 아들이 이기게 되잖아. 세잔의 아버지도 아들의 고집에 결국 화가의 길을 허락하면서, 이왕 화가가 되려거든 최고의 미술 학교에서 공부하라고 했대. 그래서 세잔은 국립미술학교에 두 번 응시했는데 두 번 다 실패했어. 그 뒤로 살롱전에도 작품을 세 번 출품했지만 모두 낙선하고 말았어. 실패의 연속이었지. 그러다 간신히 인상파 전시회에 작품을 내긴 했는데, 언론과 미술계에서 무시받고 심한 공격과 혹평에 시달려야 했어. 아버지에게 화가가 되고 싶다는 말도 못 했던 소심한 세잔이었으니 견디기가 쉽지 않았을 거야. 그 충격과 아픔에서 스스로를 일으켜 세우며 세잔은 아주 유명한 말을 남겼지. "나는 사과 한 알로 파리를 놀라게 하고 싶다!"

세잔이 얼마나 단단히 각오를 세웠는지 이 말로 충분히 알 것 같아. 자신의 그림을 몰라준 사람들과 세상을 향해 던진 참으로 패기 넘치는 말이잖아. 그래서 나도 뭔가 단단히 결심해야 할 땐 이 말을 되새기곤 해. 그러면 거짓말처럼 기운이 나. 내가 믿는 바를 세잔처럼 끝까지 밀고 나간다면 반드시 세상을 놀라게 할 수 있을 것 같아서 말이야. 실제로 세잔은 사과가 썩어 짓무를 때까지 100번이 넘도록 관찰했고, 인물화를 그릴 때는 모델을 150번 넘게 한자리에 앉혔다는 유명한 이야기가 있어. 그런데 그렇게 열심히 관찰하고서 그린 사과가 실제와도 다르고 맛있고 탐스러운 느낌도 없이 좀 엉성해 보여. 과연 이 사과로 세상을 놀라게 할 수 있었을까 의심스러울 만큼.

실은 세잔은 실제 보이는 대로의 사과를 그리려고 한 게 아니야. 시시각각 변하는 사물에는 본질적으로 변하지 않는 구조가 있다고 믿고, 그것을 어떻게 보고 어떻게 그릴 것인지 고민한 거였대. 그래서 구도를 아무리 수백 번 바꾸어도 사람처럼 싫어하지 않고 과일 중에서도 덜 상하는 사과나 오렌지를 모델로 선호한 거야. 그러고도 나중에는 밀랍으로 만든 모형 과일로 바꾸기도 했다니, 그가 얼마나 집요하게 관찰했는지 알 만해.

이 그림의 포도송이와 사과는 몇 번이나 자리를 옮기고 구도를 다시 배치한 걸까. 둥근 접시와 유리잔, 칼과 식탁보를 접은 모양까지도 고려했을 거야. 고갱은 연녹색 사과와 붉은 사과가 서로 붙어 있는 것을 보고 그림의 전체 구성을 이해하고는 세잔을 하늘이 내린 화가라고 불렀다는데, 난 고갱이 보았다는 이 그림의 비범함을 아직 제대로 알 수가 없어. 과일을 단순하게 붙여 놓은 것이 아니라 시각적인 운율을 고려한 것이라는 평을 이해하려면 좀 더 밝은 눈이 필요할 듯해.

세잔을 특히 좋아했던 고갱은 세잔의 그림을 세 점 가지고 있었는데, 그중에서도 이 그림을 가장 좋아했대. 고갱이 아주 가난해졌을 때도 자신의 마지막 셔츠를 팔 때까지 이 그림은 팔지 않겠다고 했다고 해. 결국 무일푼 처지에서 수술을 받아야 할 일이 닥치고서야 이 그림을 팔았다니, 고갱이 이 그림을 정말 아끼고 좋아했구나 싶어.

세잔은 사물을 여러 방향에서 관찰하고 그것을 하나의 화폭에 담았어. 이 때문에 그의 사과들은 여러 사람이 각각 다른 방향에서 보고 그린 것처럼 보여. 이렇게 구조를 재해석하는 세잔의 방식은 나중에 피카소 같은 화가에게 영향을 끼쳐 입체파를 탄생시키게 되지. 그러니 세잔의 사과가 없었다면 피카소도 없었을지 몰라. 피카소는 세잔을 두고 "우리 모두의 아버지"라고까지 했으니, 세잔이 미술사에 정말 중요한 인물이라는 것을 알겠어. 사과 하나로 세상을 놀라게 하겠다던 그의 선언이 진짜 이루어진 셈이지.

이브와 세잔의 사과 두 개만으로 가슴은 묵직하게 무거워졌어. 하나는 종교를 만들었고 또 하나는 현대 미술을 출발시켰으니 역사에 남을 만한 사과들이야. 하지만 난 세잔처럼 마냥 관찰만 하고 있을 순 없겠어. 달콤한 향기를 맡으며 단물을 먹고 싶어 마음이 급하거든.

사과를 먹으며

함민복

사과를 먹는다

사과나무의 일부를 먹는다

사과꽃에 눈부시던 햇살을 먹는다

사과를 더 푸르게 하던 장마비를 먹는다

사과를 흔들던 소슬바람을 먹는다

사과나무를 감싸던 눈송이를 먹는다

사과 위를 지나던 벌레의 기억을 먹는다

사과나무에서 울던 새소리를 먹는다

사과나무 잎새를 먹는다

사과를 가꾼 사람의 땀방울을 먹는다

사과를 연구한 식물학자의 지식을 먹는다

사과나무 집 딸이 바라보던 하늘을 먹는다

사과에 수액을 공급하던 사과나무 가지를 먹는다

사과나무의 세월, 사과나무 나이테를 먹는다

사과를 지탱해온 사과나무 뿌리를 먹는다

사과의 씨앗을 먹는다

사과나무의 자양분 흙을 먹는다

사과나무의 흙을 붙잡고 있는 지구의 중력을 먹는다

사과나무가 존재할 수 있게 한 우주를 먹는다

　흙으로 빚어진 사과를 먹는다

　흙에서 멀리 도망쳐보려다

　흙으로 돌아가고 마는

사과를 먹는다

사과가 나를 먹는다

아사삭 아사삭. 신기하고 예쁜 과일들이 많아도 역시 사과만 한 건 없어. 그 사과를 보드랍게 한 입 베어 무니 입안에 사과의 모든 시절이 한꺼번에 다 고이는 기분이야. 사과가 익기까지의 햇살과 바람과 밤하늘의 어둠까지도 사과 속에 담겨 있다고 한 시인의 마음을 알겠어. 이렇게 달고 연한 속살을 만들자면 사과나무 혼자만의 힘으로도 안 되고, 사과를 키우는 농부의 정성만으로도 안 되는 거지. 거기에는 온갖 것의 인연과 지나오고 지나갈 모든 것의 시간이 다 함께 있다는 거야.

처음에 화자는, 사과 한 알은 사과나무에서 가져왔으니 사과를 먹는 것은 사과나무의 일부를 먹는 일이라고 생각하다가 사과꽃이 피었을 때를 상상했고, 억센 장맛비를 견디고 소슬바람에 흔들렸을 열매들의 날들도 헤아려 보았지. 그러자 사과나무 가지 끝에서 지저귀던 새들의 노랫소리와 사과 향기를 맡고 찾아왔던 벌레들의 몸짓까지 하나씩 눈앞에 펼쳐지는 거야. 사과를 먹는 건 이 모든 것이 관여했던 시간과 기억을 먹는 일이라는 걸 깨닫자, 사과를 가꾼 사람의 굵은 땀방울은 말할 것도 없고 사과를 연구한 이름 모를 많은 학자들까지 떠올리게 돼. 결국엔 사과나무 뿌리를 움켜쥔 흙과 땅 위의 모든 것을 끌어당기는 지구의 중력까지. 아니, 더 멀리 우주가 생겨난 빅뱅의 시간까지 기어이 끌어왔어. 태초에 우주가 생기지 않았다면 사과 한 알은 있을 수 없을 테니까.

시인도 세잔만큼이나 사과에 집중했구나 싶어. 사과를 다 먹은 뒤의 이야기까지 해 놓았잖아. 껍질만 남기고 사라진 사과는 내 몸의 일부가 되었다가 또다시 흙으로 돌아가 사과를 키우는 자연이 되는 거라고. 거창한 자연법칙을 설명하려는 건 아니지만 결국엔 화자도 흙으로 돌아가고, 그때도 틀림없이 사과는 땅의 기운을 먹고 다시 자라나겠구나 생각하는 거야. "사과가 나를 먹는다"라는 마지막 구절은 바로 이런 의미인 것 같아. 사과 한 알에서 온 우주와 생명의 흐름을 읽어 내다니.

유감스럽게도 난 지금까지 사과를 먹으며 이 많은 이야기들을 한 번도 떠올려 본 적이 없어. 하지만 앞으로 사과를 먹을 땐 시인처럼 이런저런 상상을 좀 해 볼까 봐. 이브가 유혹을 이기지 못한 사과를 먹는다고 생각하면 사과 맛이 훨씬 더 달콤할 것 같아. 뉴턴의 발밑에 떨어졌던 사과라고 상상하면 함부로 먹기가 미안해지겠지만. 세잔의 사과는 오래되어 먹고 싶은 생각이 들지 않을 듯해. 사과 한 알을 보고 지금까지와는 다른 상상을 하고 다른 세계를 열어 준 그들이 참으로 대단해 보여.

그런데 여기에 인류를 움직인 네 번째 사과가 등장했어. 바로 스티브 잡스의 '애플'이라고들 하지. 현대 문명과 우리 삶의 방식을 바꾸는 데 크게 기여한 사과이니 아주 틀린 말은 아니라고 생각해. 새로운 창조와 혁신의 장이 열릴 때마다 등장했던 사과. 앞으로 사과가 보일 때마다 조금 더 주의를 기울일 것만 같아. 다섯 번째 사과는 과연 무엇일지 기대하면서 말이야.

역사를 기억한다는 건
내일을 약속한다는 뜻 같아.
끊임없이 기억을 새롭게 하면서
잘못과 아픔을 반복하지 않겠다는 약속 말이야.

잔혹한 시간이 지나가고

존 싱어 사전트 〈독가스를 먹은 병사들〉
최명란 「아우슈비츠 이후」

　　인류의 역사는 전쟁의 역사라고 표현해도 지나치지 않을
만큼 많은 전쟁이 끊임없이 일어났어. 인류 역사를 통틀어 전
세계 어느 곳에서도 전쟁이 없는 평화로운 날은 모두 합쳐 봐
야 닷새도 안 된다는 말을 읽은 적이 있으니까. 그 말이 틀린 말
이 아닐 거라는 생각이 들어. 고대 그리스의 트로이 전쟁부터
가깝게는 걸프전까지 지구상에서는 정말 헤아릴 수 없이 많은
전쟁이 계속 이어졌거든. 그 수많은 전쟁 중에서 우리에게 가
장 가깝게 와 닿는 건 바로 한국 전쟁이야. 하지만 한국 전쟁이
일어난 지도 어느덧 반세기가 더 지나서, 전쟁이라는 말은 지
금 우리와 상관이 없는 말처럼 느껴져. 실제로는 지금도 지구
어느 곳에서는 전쟁이 한창이고, 조금만 관심을 기울여 신문이
나 뉴스를 살펴보면 낯선 곳에서 일어난 폭격 소식과 사진 들
을 어렵지 않게 찾을 수 있는데도 말이야.
　　물론 나도 전쟁을 경험해 본 일이 없으므로 전쟁의 참상을

알진 못해. 다만 20대에 판문점을 여러 번 가서 보고 느낀 경험을 바탕으로, 전쟁 때문에 우리가 처한 상황이 어떤 것인지 친구들보다 조금 더 피부로 체감할 수 있었던 것 같아.

그때 난, 가까운 남자 친구가 판문점에서 군 복무를 했기 때문에 면회를 자주 갔어. 영화 〈공동경비구역 JSA〉의 무대가 되었던 바로 그곳이지. 영화에서처럼 남한 군인과 북한 군인이 가까운 거리를 두고 눈동자도 움직이지 않은 채 대치하고 있었어. 말소리도 크게 내지 못하게 했고 이름도 말하지 못하게 해서 무척 놀랐던 기억이 나. 돌아오지 않는 다리 너머로 북한 땅이 멀지 않게 바라보이는데도 서로 오가는 일은 꿈도 못 꾸고, 말조차 나눌 수 없는 상황이 우리 현실이라는 것을 내 눈으로 본 거였지. 선명하게 들리던 북한의 확성기 방송은 북한이 얼마나 가까운지 몸으로 느끼게 해 줬어. 전쟁이 완전히 끝난 게 아니라는 것을 그때 처음으로 생각해 봤고, 겨우 그 정도의 경험으로도 난 굉장히 긴장하고 두려워했어.

그런데 정말 전쟁을 겪는다면 어떨지, 그건 우리의 상상을 넘어서는 어마어마한 일이겠구나 싶었어. 그런 엄청난 경험은 어릴 때 들었던 할머니의 얘기나 영화와 소설에서 생생하게 재현된 장면으로도 다 느낄 수 없는 거지. 전쟁이라는 재앙을 그것만으로 어떻게 알 수 있겠니. 그럼에도 전쟁을 타인의 고통으로만 여기지 않고 조금이라도 공감하기 위해선 기록된 사진과 그림, 그들의 증언에 귀 기울일 이유는 충분하다고 봐. 내가 판문점에서 잠시 느낀 것만으로도 의식하지 못했던 전쟁을 환기할 수 있었으니까. 오늘날 전쟁이 없어질 거라고 믿을 수 없는 한, 누군가의 고통이 우리의 고통이 될 수도 있다는 연민을 가지는 것도 의미 있는 일이라고 생각해.

　전쟁을 고발한 화가들 중 전쟁의 공포와 잔인함을 가장 잘 표현한 사람은 고야였어. 그가 제작한 83장의 동판화 연작인 《전쟁의 참화》에서 잔악한 행위를 묘사한 그림들은 똑바로 보기가 무서울 정도야. 또 우리가 잘 아는 피카소도 전쟁을 고발하는 그림을 그렸지. 바로 〈게르니카〉라는 유명한 작품이야. 스페인 내전이 한창일 때, 히틀러가 보낸 독일 전투기가 세 시간이 넘는 동안 1,000파운드의 폭탄을 쏟아부어 게르니카라는 마을을 폐허로 만들었어. 1,500명의 민간인 사상자가 생겼고, 그 마을은 지도에서 사라지고 말았어. 이 사건을 보도한 사진을 보고 피카소는 크게 분노하여 대작을 그린 거야.

　전쟁은 상상만으로도 몸서리쳐지는 일이야. 그래서 소설가는 소설로, 화가는 그림으로, 저마다 자신의 방식으로 전쟁을 고발하고 인간의 고통이라는 보편적인 진실을 알리려고 하는 것 같아. 전쟁이 무슨 짓을 벌였는지, 전쟁의 참상이 어떤 것인지 조금 더 자세히 얘기하기 위해 먼저 그림 한 점을 보기로 해. 난 이 그림을 보며 역사 속의 여러 사건을 상상하다가 등줄기가 서늘해지면서 온몸에 소름이 돋아 버렸어.

눈먼 병사들

　석양빛을 배경으로 눈을 가린 병사들이 앞사람의 어깨를 붙잡고 한 줄로 늘어서 있어. 흰 붕대로 눈이 가려져 부여잡은

존 싱어 사전트, 〈독가스를 먹은 병사들〉
1918년, 캔버스에 유채, 231×611cm, 영국 런던 전쟁 박물관

앞사람의 어깨를 놓치면 안 돼. 한 발 한 발 조심스레 내딛는 사람들 속에서 돌부리에 걸리지 않으려고 높이 올린 병사의 한쪽 다리와 걸음걸이에 유독 눈길이 가. 앞이 보이지 않는 고통 속에서도 등에 진 배낭과 긴 총을 내려놓지 못하는 모습에서 전쟁 중의 긴장감이 느껴지지. 그런데 이 병사들은 왜 다들 눈을 가리고 있는 걸까? 한꺼번에 눈병이라도 걸린 걸까?

이 그림이 표현한 사건은 1차 세계 대전 중에 실제로 일어난 일이야. 1914년 1차 세계 대전이 일어났을 때 새롭게 나타난 무기가 있는데, 바로 독가스였대. 전쟁이 시작되기 전에 참전국들은 화학 무기와 독성 물질을 사용하지 말자는 협약을 맺었지만, 승리가 목적인 전쟁에서 그 약속은 지켜지지 않았지. 독일과 연합군 양쪽 모두 독가스를 개발하고 전쟁에 사용했어. 그림 속의 장면은 독일군의 독가스 공격으로 눈이 먼 영국군 병사들의 모습이야. 독가스가 살포되자 순식간에 연합군 전선이 허물어지고 말았어. 바람에 실려 날아오는 독가스는 치명적이어서 공포 그 자체였을 거야. 역사 속으로 흘러간 이야기지만 듣기만 해도 몸이 저절로 움츠러들어. 그러니 눈을 가린 채 걸어가는 병사들의 심정은 정말 얼마나 참담했을까.

이렇게 발을 질질 끌며 이들이 줄지어 가는 곳은, 그림에는 그려지지 않은 치료소였어. 앞쪽에 모자를 쓴 사람은 이들을 안내하는 위생병이지. 그리고 오른쪽 끝에 보이는 긴 줄들은 치료소 천막을 지탱하는 줄 같아. 독가스 때문에 얼마나 많은 병사들이 다쳤는지, 여기저기 널브러져 있는 부상병들이 셀 수 없을 정도야. 멀리 또 한 무리의 병사들도 치료소로 가는 모습이 보이고, 눈먼 병사들의 행렬은 몇 날 며칠이고 계속되었을 것만 같아. 전쟁터에서 이 모습을 직접 본 예술가라면 가슴에 울분과 슬픔을 안은 채 기록하지 않을 수 없었을 거야. 그래서 미국의 화가 존 싱어 사전트(1856~1925)도 이 그림을 그린 거겠지.

그는 1차 세계 대전 때 연합군의 공식 전쟁화가로 임명 받고 또 다른 전쟁화가와 함께 서부 전선(프랑스)으로 파견됐대. 전쟁의 잔인함을 화폭에 담으라는 임무를 받은 거지. 그때 실제 모습을 보고 그린 이 그림의 높이가 2미터를 넘으니까, 그림 속 병사들은 거의 실물 크기로 그려진 거야. 그림 앞에 마주 서면 바로 내 앞에서 병사들이 걸어가고 있는 느낌을 받을 것 같아. 병사들의 무겁고 지친 발걸음과 흙먼지, 그리고 매캐한 가스 냄새까지 고스란히 전해질 듯해.

전쟁 화가가 있었다는 사실을 이 그림을 보면서 처음 알았어. 로버트 카파처럼 전쟁터를 누빈 유명한 전쟁 사진 작가는 더러 알지만, 화가도 전쟁터에 나갔다는 게 놀라웠어. 사진 기술이 발달하기 전엔 화가들이 그 몫을 담당했던가 봐. 그리고 부유한 상류 사회 인사들과 귀족들의 초상화를 많이 그린 사전트가 바로 그 전쟁 화가였다는 사실은 더 놀라웠고. 어쨌거나 사전트가 그린 준열한 그림 덕분에 우리는 전쟁의 기록을 볼 수 있고 눈먼 병사들의 고통도 생각해 볼 수 있었던 것 같아. 저들이 모두 시력을 회복하지 못한 채 암흑 속에서 살아야 했을지 모른다고 생각하니, 전쟁이 끝나도 회복되지 않을 상처를 입은 사람들의 삶에도 마음이 쓰여. 그러니 만약 이 시인처럼 인류 역사상 가장 잔인하고 무서운 사건이 벌어진 그 장소에 직접 가게 된다면 할 말을 잃고 숨 쉬는 것조차 아플 것 같아.

아우슈비츠 이후

최명란

아우슈비츠를 다녀온
이후에도 나는 밥을 먹었다
깡마른 육체의 무더기를 떠올리면서도
횟집을 서성이며 생선의 살을 파먹었고
서로를 갉아먹는 쇠와 쇠 사이의
녹 같은 연애를 했다
역사와 정치와 사랑과 관계없이
이 지상엔 사람이 없다
하늘엔 해도 없다 달도 없다
모든 신앙도 장난이다

절대로 잊어서는 안 될 역사

　1차 세계 대전이 끝나고 겨우 20여 년 지난 1939년, 세계는 다시 전쟁에 휩싸이고 말았어. 인류 역사상 가장 큰 전쟁으로 기록된 2차 세계 대전이 일어난 거야. 영국 · 프랑스 · 미국 · 소련의 연합국과 독일 · 이탈리아 · 일본의 추축국이 맞서서 1945

년까지 전쟁을 벌였지. 전 세계 인구의 20퍼센트가 이 전쟁에 동원되었을 정도로 대부분의 나라가 휘말렸어. 그중에서도 특히 유럽의 유대인이 겪어야 했던 고통은 이루 말할 수가 없어.

2차 세계 대전 당시 독일의 나치와 히틀러는 자신들에게 저항하는 사람들을 잡아 가두기 위해 수용소를 지었어. 정치인과 지식인·예술인들을 강제로 수용하다가 나중에는 모든 유대인들을 모두 다 잡아들였지. 그곳이 바로 폴란드에 있는 '아우슈비츠' 강제 수용소야. 인류의 가장 부끄러운 역사가 기록되어 있는 장소지. 나치가 얼마나 비인간적인 방법으로 많은 사람들을 학대하고 죽였는지 들으면 고야의 그림이 덜 잔인해 보일 정도니까.

인간으로서는 상상할 수 없는 온갖 잔인한 짓이 그곳에서 벌어졌어. 강제 노동과 굶주림에 지친 사람들에게 생체 실험까지 했고. 매일매일 교수형과 총살이 이어지고, 화장터에서는 시체 태우는 연기가 멈추지 않았다고 해. 그뿐이 아니야. 좀 더 많은 사람을 빠르고 쉽게 죽일 방법을 궁리하다가 샤워실로 위장한 가스실을 만들어 냈지. 그곳에서 죽은 사람이 얼마인지는 정확히 알 수 없을 정도인데, 유대인 사망자만 해도 600만 명이 넘는다고 해. 끝까지 희망의 일기를 쓰던 안네 프랑크도 수용소에서 마지막을 맞이했어. 그런 엄청난 곳이 바로 아우슈비츠이고, 그 역사의 시간 속을 걸어 본 시인은 아픈 시로 추모하고 고발하는 거야.

고압 전류가 흐르는 이중의 철조망과 높이 솟은 감시탑, 붉은 벽돌의 수용소를 사진으로만 보다가 직접 간다면 울음을 참지 못할 것 같아. 지금도 산더미처럼 쌓여 있는 온갖 유품을 볼 때는 가슴이 먹먹하다가, 여성 희생자들의 머리카락은 잘라서 카펫을 짰다는 말에는 분노가 일어나니까. 그곳에서는 아직 슬픔과 고통이 진행 중이라는 생각이 들어. 끔찍한 고통으로 가스실 벽을 긁었던 수많은 손톱 자국들이 지워지기엔 아직 너무 짧은 세월이 지났을 뿐이잖아. 그런 곳에 다녀왔으니 시인은 오랫동안 그때의 마음을 지울 수 없었겠지.

제목조차 '아우슈비츠 이후'라고 했어. 아우슈비츠를 다녀온 이후 마음속에 남은 것과 달라진 생각이 있다는 뜻이야. 이 말에는 두 가지 뜻이 담긴 듯해. 먼저 시인에게 아우슈비츠를 경험한 이후의 날에는 어떤 역사적 인식이 생겼다는 말일 테고, 또 하나는 그 엄청난 사건을 겪고도 세상은 공정하고 정의로운 건 아니라는 생각이 포함되어 있어.

그래서 슬프다고 울부짖는 대신 오히려 더 담담한 목소리로 얘기했어. 그 모든 것을 기억하면서도 화자는 여전히 밥을 먹었고 희생자들의 "깡마른 육체의 무더기"를 생각하면서도 생선 살을 파먹었다고. 또 억울한 죽음 앞에서는 아무것도 아니었을 연애를 하느라 서로를 갉아먹었노라고.

그런데 이쯤에서 끝났다면 이 시는 감동을 주지 않았을 거야. 그다음에 이어지는 화자의 냉소가 정말 시인이 말하고 싶은 바인 거지. 아우슈비츠 이후 화자에게 남겨진 생각들을 앞부분보다 더 차분한 어조로 말하고 있어. 역사와 정치와 사랑을 아는 사람이 있었다면 이런 일이 있었을까, 하늘에서 사람을 굽어보는 해와 달이 있었다면 어찌 이런 일이 있었을까, 아니, 정말로 정의와 자비의 신이 있었다면 어찌하여 이런 일이 일어나도록 그냥 두었겠는가. 그러니 이 지상엔 사람도 없고 하늘에는 해도 달도 없고 마침내 모든 신앙도 장난인 거라고 화자는 결론을 내리고 있어. 그만큼 믿기 어렵고 아프고 슬프다는 깊은 뜻을 이렇게 표현한 거지.

진실과 예술 작품이 언제나 아름다운 감동을 전하는 것이 아니고, 그림을 그린 화가도 시를 쓴 시인도 전쟁을 멈추게 할 수는 없지만, 지금도 전쟁 중인 이 세상에 다시 한 번 기억을 던지는 역할을 충분히 하고 있어. 시인의 말처럼 신도 지켜 주지 못한 삶들을 이렇게라도 되살려 주고 싶어서 말이야. 그런 의미에서 폴란드는 나치의 만행을 전 세계에 알리고 다시는 불행이 반복되지 않기를 바라며 아우슈비츠 강제 수용소를 영구 보존 하기로 했고, 유네스코에서는 이곳을 세계 유산으로 지정했어. 이처럼 역사를 기억한다는 건 내일을 약속한다는 뜻 같아. 끊임없이 기억을 새롭게 하면서 잘못과 아픔을 반복하지 않겠다는 약속 말이야.

잔혹한 시간이 지나가고 지금 내 앞에서 반복되는 일상이 얼마나 고마운 것인지 그림과 시를 통해 새삼 깨달았어. 그리고 적어도 시와 그림을 보는 동안은 조금 더 따뜻한 세상이 되길 소망하기도 했고, 내 운명에 스며 있는 슬픔이나 불행쯤은 기꺼이 견딜 수도 있지 않을까 싶었어. 그림과 시에서 받은 그 마음들이 사라지지 않고 삶의 온도를 지켜 주는 밑불이 된다면 슬픔에 잠겨 있다가도 금방 일어설 수 있을 것 같아.

인용 작품 리스트

시

1전시실

「빨래 너는 여자」, 강은교, 『어느 별에서의 하루』, 창비, 1996.

「꽃밭 편지」, 이해인, 『필 때도 질 때도 동백꽃처럼』, 마음산책, 2014.

「두터운 스웨터」, 문태준, 『우리들의 마지막 얼굴』, 창비, 2015.

「감자 먹는 사람들」, 김선우, 『도화 아래 잠들다』, 창비, 2003.

「비밀」, 한용운, 『한용운 시전집』, 서정시학, 2014.

「실상사에서의 편지」, 신용목, 『그 바람을 다 걸어야 한다』, 문학과지성사, 2004.

2전시실

「꼬리는 개를 흔들고」, 고영민, 『사슴공원에서』, 창비, 2012.

「등」, 서안나, 『립스틱 발달사』, 천년의시작, 2013.

「불면」, 남진우, 『죽은 자를 위한 기도』, 문학과지성사, 1996.

「용서의 의자」, 정호승, 『밥값』, 창비, 2010.

「눈물은 뼛속에 있다는 생각」, 성미정, 『사랑은 야채 같은 것』, 민음사, 2003.

「적소」, 신현정, 『바보 사막』, 랜덤하우스, 2008.

「희망이 완창이다」, 천양희, 『너무 많은 입』, 창비, 2005.

3전시실

「자화상」, 서정주, 『미당 서정주 전집 1』, 은행나무, 2015.

「맨발」, 김기택, 『사무원』, 창비, 1999.

「거울」, 이상, 『이상 전집 1』, 태학사, 2013.

「나의 독서」, 이선영, 『평범에 바치다』, 문학과지성사, 1999.

「옛 지도」, 황동규, 『버클리풍의 사랑 노래』, 문학과지성사, 2000.

「사과를 먹으며」, 함민복, 『우울 氏의 一일』, 세계사, 1990.

「아우슈비츠 이후」, 최명란, 『쓰러지는 법을 배운다』, 랜덤하우스, 2008.

그림

1전시실

〈빨래 너는 여인〉, 카미유 피사로, 1887년, 캔버스에 유채, 41×32.5cm, 프랑스
파리 오르세 미술관.

〈생일〉, 마르크 샤갈, 1915년, 캔버스에 유채, 80.5×94.7cm, 미국 뉴욕
현대미술관.

〈뜨개질 수업〉, 장 프랑수아 밀레, 1854년, 캔버스에 유채, 47×38.1cm, 미국
보스턴 미술관.

〈감자 먹는 사람들〉, 빈센트 반 고흐, 1885년, 캔버스에 유채, 81.5×114.5cm,
네덜란드 암스테르담 반 고흐 미술관.

〈비밀〉, 윌리앙 아돌프 부그로, 1894년, 캔버스에 유채, 96.5×62cm, 개인 소장.

〈열린 창가에서 편지를 읽는 여인〉, 요하네스 베르메르, 1657~1659년, 캔버스에
유채, 83×64.5cm, 독일 드레스덴 국립 미술관.

2전시실

〈모래에 묻히는 개〉, 프란시스코 고야, 1820~1823년, 캔버스에 유채, 134×80cm,
스페인 마드리드 프라도 미술관.

〈다나이드〉, 오귀스트 로댕, 1889년경, 대리석 조각, 프랑스 파리 로댕 미술관.

〈질투〉, 에드바르트 뭉크, 1895년, 캔버스에 유채, 67×100cm, 노르웨이 오슬로
뭉크 미술관.

〈돌아온 탕자〉, 렘브란트 판 레인, 1668~1669년, 캔버스에 유채, 262×206cm,

┌ 아카이브

러시아 상트페테르부르크 에르미타주 국립 미술관.

〈울고 있는 마돈나〉, 디르크 바우츠, 1470~1475년, 오크 패널에 유채,
　36.8×27.8cm, 영국 런던 내셔널 갤러리.

〈세한도〉, 김정희, 1844년, 국보 제180호, 종이에 수묵, 23×69.2cm, 개인
　소장.

〈희망〉, 조지 프레더릭 와츠, 1886년, 캔버스에 유채, 142.2×111.8cm, 영국
　런던 테이트 갤러리.

3전시실

〈자화상〉, 윤두서, 1710년, 종이에 수묵 담채, 38.5×20.5cm, 개인 소장.

〈붉은 모델〉, 르네 마그리트, 1935년, 캔버스에 유채, 56×46cm, 프랑스 파리
　퐁피두 센터.

〈거울 앞의 소녀〉, 파블로 피카소, 1932년, 캔버스에 유채, 162.3×130.2cm,
　미국 뉴욕 현대 미술관.

〈책가문방도〉, 장한종, 19세기 초, 종이에 채색, 8폭 병풍, 195×361cm,
　경기도 박물관.

〈전주 지도〉, 작가 미상, 조선 시대, 보물 1586호, 89.8×149.9cm, 서울대학교
　규장각 한국학 연구원.

〈아담과 이브〉, 알브레히트 뒤러, 1507년, 혼합 안료, 각각 209×83cm,
　스페인 마드리드 프라도 미술관.

〈과일 접시가 있는 정물〉, 폴 세잔, 1879~1880년, 캔버스에 유채,
　46,4×54.6cm, 미국 뉴욕 현대 미술관.

〈독가스를 먹은 병사들〉, 존 싱어 사전트, 1918년, 캔버스에 유채,
　231×611cm, 영국 런던 전쟁 박물관.